Manon FARGETTON

Le Souffle

RAGEOT

*à Tiphaine et Renan,
mes géants.*

Une première version de ce roman
a paru en grand format
aux éditions Mango en 2012.

Cet ouvrage a été imprimé sur un papier
issu de forêts gérées durablement,
de sources contrôlées.

Couverture : Elvire De Cock.

ISBN : 978-2-7002-3887-7
ISSN : 1772-5771

© RAGEOT-ÉDITEUR – Paris, 2014.
Tous droits de reproduction, de traduction et d'adaptation
réservés pour tous pays.
Loi n° 49-956 du 16-07-1949 sur les publications destinées
à la jeunesse.

Prologue

La Sylphide

Recroquevillée sur la plus basse branche de son chêne, une créature se meurt. De fines lignes vertes tracent des symboles en spirales sur la peau d'écorce qui recouvre son corps, aussi petit que celui d'un enfant. Elle est la dernière représentante du peuple des Sylphes, les fils du vent.

Elle qui a passé son existence à courir les nuages d'un bout à l'autre du globe est à présent prisonnière d'un filet invisible qui se resserre autour de son corps, seconde après seconde. Le moindre de ses mouvements déclenche en elle de violents éclairs de douleur.

Pourtant, retardant de toutes ses forces l'instant de sa disparition, la Sylphide attend. Elle espère que quelqu'un ou quelque chose passera à sa portée pour lui transmettre le Souffle et, avec lui, tous les dons de son peuple, afin de permettre un jour le retour des Sylphes.

La fille du vent se sent partir, comme des milliers de ses frères avant elle. La brûlure que provoque l'immobilité prolongée dans sa chair devient intolérable, et personne ne vient.

Il est temps à présent.

Résolue, la Sylphide s'apprête à confier ses dons à l'arbre qui l'abrite. Elle aurait préféré une forme de vie animale. Tant pis. Ce sera l'arbre, son arbre. Des feuilles volent dans la clairière tandis qu'elle rassemble le Souffle au creux de sa poitrine et commence à le diriger vers le cœur de l'arbre. Le réseau de liserés verts qui parcourt son corps devient brillant. Ses grands yeux roux s'écarquillent.

Soudain, au-dessus du bruit du vent, ses fines oreilles captent une voix fluette qui babille d'incompréhensibles paroles.

Alors, dans un ultime effort, le corps de la fille du vent s'arc-boute et elle envoie le Souffle en direction de l'enfant. Puis les lignes vertes s'éteignent et son corps retombe souplement sur la branche, ses longs cheveux blonds aux reflets de mousse dévalant de ses frêles épaules jusque sur l'écorce de l'arbre.

Elle a accompli sa mission : le Souffle ne quittera pas ce monde. Apaisée, la dernière des Sylphides pousse un ultime soupir avant de disparaître.

À ce moment précis, une voix inquiète s'élève entre les arbres :

– June ? June, où es-tu passée ? June ?

Cela, la Sylphide ne peut plus l'entendre. Mais d'autres oreilles attentives ne sont pas près de l'oublier.

Le Veilleur de Lumière

— June, c'est donc ton nom, murmura le vieil homme à voix basse. Je te vois, petite fille ; je te vois et je ne te perdrai pas.

Il rouvrit les yeux et passa une main sur son visage ridé. Le décor familier de son cabinet de travail réapparut peu à peu autour de lui : une pièce ronde encombrée de piles de livres, décorée de boiseries précieuses. En face de son bureau, une petite porte brune donnait sur un labyrinthe de couloirs qui s'enchevêtraient jusqu'au cœur de la montagne.

Le Veilleur de Lumière saisit le délicat cercle de métal placé sur sa tête comme une couronne et le posa avec précaution sur son bureau. Puis, libéré de la vision, il s'enfonça un peu plus profondément dans son large fauteuil aux coussins recouverts d'un épais velours vert.

Il laissa errer ses yeux sur les documents aux écritures oubliées depuis des millénaires qui jonchaient le bureau. Tout n'était donc pas perdu. Il restait un espoir de voir le cycle se poursuivre.

Lui qui, quelques minutes plus tôt, en posant le cercle de métal sur ses longs cheveux gris, s'attendait à assister à la fin d'une époque, il s'était finalement trouvé l'unique témoin d'un accident improbable et merveilleux. Il sourit puis se leva, encore preste malgré son grand âge, et quitta précipitamment son cabinet de travail pour informer le Cercle des Veilleurs.

LA VILLE

1

Devenir adulte, ça craint. C'est un peu comme boire d'un trait un soda glacé et garder pour toujours la sensation du liquide froid qui se répand jusqu'au fond du ventre. Ces derniers temps, tout le monde voudrait que je sois adulte, à commencer par ma tante, Nanou, qui m'a encore déclaré ce matin : « June, tu es grande maintenant » et « Tu ne peux plus faire de caprices comme une petite fille », et puis « Je dois pouvoir compter sur toi quoi qu'il arrive ».

Pourquoi des propos aussi définitifs ? Simplement parce que je voulais rêver tranquille sous ma couette jusqu'à ce que le soleil de midi me tire de mon sommeil...

Je passe une main dans ma tignasse blonde et commence à la démêler, mèche après mèche. Ma vie entière, on m'a demandé d'être raisonnable. Parce que je suis l'aînée, parce que je suis la fille, parce que, avec l'établissement à gérer, Nanou n'avait pas toujours le temps de s'occuper de mon petit frère. J'en ai assez. J'ai seize ans, je ne suis pas adulte, je ne veux pas être adulte, non mais fichez-moi la paix !

Un léger grattement sur le carreau inférieur de la fenêtre de ma chambre me tire de mes pensées et m'arrache un sourire. Locki. Je me lève, ouvre la fenêtre et retourne m'affaler sur mon matelas. Les boucles brunes de mon frère apparaissent dans l'entrebâillement. Il me rejoint dans la chambre d'un bond agile.

Jean noir, pull noir, baskets noires : il porte son uniforme quotidien. Je ne critique pas, ma garde-robe ressemble à la sienne !

– Tu ne peux pas entrer par la porte ?
– Tu sais bien que non, me répond-il, un sourire moqueur caché au fond de ses grands yeux noisette.

Je ne saurais pas expliquer comment mon frère peut cacher un sourire au fond de ses yeux, mais réellement, c'est le cas. Son visage reste neutre, presque inexpressif, seuls ses yeux montrent ce qu'il ressent. Je suppose que, lorsqu'on ne le connaît pas bien, on peut le trouver froid et désagréable. Mais Locki est mon petit frère. Je le connais mieux que personne. Il n'est pas froid, juste… réservé.

– Et il fallait que tu entres par la fenêtre de *ma* chambre ! je m'exclame sur un ton mi-agacé, mi-amusé. L'établissement ne possède pas suffisamment de fenêtres pour que tu frappes toujours à la même ?

– Oh si, il y en a plein d'autres, me répond-il malicieusement en se penchant au-dessus de moi, mais je sais que derrière celle-ci se trouve une âme généreuse et compatissante qui aura pitié de moi.

J'éclate de rire.

– Une âme généreuse et compatissante ? C'est moi, ça ? Tu parles, tu as surtout peur que Nanou se rende compte que tu passes ta vie à courir sur les toits de La Ville !

Touché ! Locki me regarde un moment en silence, puis me tourne le dos.

– Mais tu ne le lui diras pas, ajoute-t-il doucement en s'approchant de la porte de ma chambre.

Je tourne la tête vers lui, sérieuse tout à coup.

– Tu sais bien que non.

Nous deux, on ne plaisante pas avec la solidarité. Je ne compte plus le nombre de fois où nous nous sommes mutuellement couverts en nous fournissant un alibi, quitte à être aussi puni. Cela n'a pas d'importance. Toujours ensemble, a-t-on juré le jour où nous sommes arrivés ici.

Nous étions assis dans cette chambre qui n'était pas encore la mienne, dans cette ville inconnue, dans cette grande maison pleine de lourdes tentures et de robes soyeuses, au milieu de ces gens qui nous regardaient avec pitié. Il y avait tant de monde qui entrait et sortait de cette pièce, mais en vérité il n'y avait que nous.

Le reste n'était que vagues silhouettes, voix dans le brouillard. Ce jour-là, personne d'autre ne pouvait exister. Juste toi et moi, et tes grands yeux bruns pleins de larmes qui s'accrochaient désespérément aux miens comme si j'avais le pouvoir d'effacer le passé : l'incendie de notre maison, la mort de nos parents, notre arrivée ici. Mais je ne le pouvais pas, tu l'as compris. Il ne restait que nous deux et nous allions devoir vivre ici, loin de tout ce que nous avions connu. J'avais six ans, tu en avais presque cinq, et nous avons juré d'être toujours ensemble.

Alors non, je ne dirai pas à notre tante que Locki passe l'essentiel de son temps libre à crapahuter sur les toits. De toute façon, Nanou le sait déjà. Nanou sait toujours ce qui se passe dans son établissement. Et puis j'ai l'impression qu'elle fait semblant d'être fâchée chaque fois qu'on nous surprend là-haut, mais qu'au fond ça ne la dérange pas vraiment.

Locki pose la main sur la poignée de la porte et marque un arrêt avant de se retourner vers moi.

– Au fait, lance-t-il d'un air dégagé, j'ai croisé Mel. Il t'attend sur le toit des bains.

Mel, mon Mel, chez moi ! Un immense sourire monte irrésistiblement à mes lèvres.

– Mais pourquoi ne t'a-t-il pas suivi jusqu'ici ?

– Hum, je crois qu'il n'a pas trop envie qu'on le surprenne alors qu'il devrait être dans sa chambre...

Intriguée, je lui demande des précisions.
– Il est privé de sorties, lâche-t-il.

Son éternel sourire moqueur au fond des yeux, Locki ouvre la porte et sort dans le couloir. Je hausse la voix :
– Mais pourquoi ? Qu'est-ce qu'il a fait ?
– Demande-le-lui, me répond-il ironiquement avant de disparaître dans la chambre qui jouxte la mienne.

Qu'est-ce qui a encore bien pu arriver à Mel ? Hum, quoi qu'il en soit, que mon copain ait bravé l'interdiction de sorties pour venir me voir me fait plaisir ! Je me lève et enfile mes baskets.

Bon. Le toit des bains... A priori, le plus simple pour y parvenir sans risquer d'être repérée depuis la rue, c'est de descendre au premier étage et de sortir par la fenêtre au bout du couloir qui mène aux cuisines. Je jette un coup d'œil à mon reflet dans le miroir – mouais, ça ira... – et je sors de ma chambre en rejetant dans mon dos mes longs cheveux blonds.

J'enjambe le rebord de la fenêtre et saute sur le toit de la remise. Des voix me parviennent de l'arrière-cour. Je fonce jusqu'au muret de l'autre côté du toit en prenant garde à ce que le personnel de l'établissement qui discute dans la cour ne me voie pas.

J'arrive pile au-dessus du hall d'entrée. C'est l'endroit où il y a le plus de chances de se faire surprendre à cause des plaques de verre incrustées entre les ardoises grises. Elles créent des puits de lumière à l'intérieur du hall – très joli, vraiment ! – mais, quand on est là-haut, il faut éviter de marcher dessus si on ne veut pas que les gens dans le hall nous repèrent.

Ces chemins détournés, moi et Locki, nous les connaissons par cœur. Nous serions capables de les parcourir de nuit, les yeux fermés, et même par temps pluvieux ! Alors un jour ensoleillé comme celui-là, trop facile...

2

Mel est là, assis sur le toit des bains, un jean trop large lui tombant sur les hanches, sa tignasse brune en bataille. Il tourne la tête vers moi et m'adresse un sourire en se relevant. À sa vue, une douce chaleur se répand dans mon ventre et ramollit mes jambes. Mel, mon Mel, trois ans que nous nous connaissons, trois mois que nous sortons ensemble, on en a mis du temps ! Je l'embrasse et reste contre lui un moment.

– Alors, qu'est-ce que tu as fait pour être privé de sorties ? je lui demande.

Mel a une mimique gênée, il passe la main dans ses cheveux.

– Je ne suis pas sûr que ça va te plaire, me prévient-il.

– Dis toujours.

– Ben, commence-t-il, j'étais avec Locki ce matin et on s'ennuyait un peu... Tu sais comment c'est, les vacances d'été, les trois premières semaines, c'est génial, mais au bout d'un mois et demi... on s'ennuie, quoi !

– T'accouches, oui ?

– Oui, oui, bon, me répond-il précipitamment. Donc j'étais avec Locki, et on est passés devant la maison de Johannes Sharp, tu sais, le vieux qui vit avec ses chats dans la maison de pierre en bas de ma rue...

Il attend une approbation de ma part avant de continuer :

– Il y a un figuier dans son jardin, juste à côté du mur. Quelques fruits avaient l'air mûrs à point, alors on a escaladé, on les a mangés et, comme il y avait des chats en train de dormir à l'ombre de l'arbre, on a jeté les pelures sur eux. On ne les visait pas vraiment, on lançait juste à côté, pour les faire bouger, ajoute-t-il en me regardant du coin de l'œil comme s'il craignait ma réaction.

Pas de quoi en faire un drame. Ce ne sont pas une ou deux pelures de figue qui ont dû leur faire du mal, aux matous ! N'empêche, c'est bien une occupation de mec, ça... Mel arrête là son histoire, comme s'il la jugeait terminée. Pas dupe, je le regarde avec un sourire en coin.

– Et puis ? je lui demande. Qu'est-ce qui s'est passé après ?

Mel soupire.

– Ben, le vieux Johannes est sorti de nulle part, sûrement alerté par les miaulements des chats qu'on... bref ! Il s'est mis à crier que nous volions ses fruits et que nous martyrisions ses bêtes. Locki a réussi à sauter dans la rue et il s'est éclipsé. Pas moi. Le temps que je me hisse sur le mur, Johannes Sharp avait ameuté tout le quartier... y compris mon père ! Mes parents sont plutôt cool. Mais là, l'histoire a pris des proportions trop importantes pour qu'ils passent l'éponge. Du coup, je suis privé de sorties jusqu'à la fin des vacances, conclut-il avec un grognement de dépit.

Bah, connaissant ses parents, j'imagine que la punition sera levée d'ici deux jours, trois tout au plus. Je le lui dis, histoire de chasser sa mauvaise humeur.

– J'espère, me répond-il.

Tout à l'heure, Locki ne m'a pas précisé qu'il était dans le coup, mais cette information ne m'étonne qu'à moitié. Et bien sûr, Mel se fait prendre, alors que lui s'en sort blanc comme neige... Mon frère est toujours fourré dans les sales coups, mais ses réflexes de félin et sa connaissance parfaite de La Ville lui permettent chaque fois de s'en tirer sans une égratignure.

– Écoute, Mel, j'irai parler au vieux Johannes tout à l'heure. Peut-être que je pourrai le convaincre d'accepter tes excuses.

– Tu crois ? me demande-t-il avec espoir.

– Ça vaut le coup d'essayer.

Mel me serre contre lui. Aller voir ce vieil ermite qui n'aime personne ne me réjouit pas franchement, mais je préfère passer un mauvais quart d'heure que de ne pas voir Mel jusqu'à la fin des vacances.

– D'accord, convient-il en souriant. Merci.

Des voix s'élèvent dans la rue en contrebas, puis s'évanouissent par la porte du hall. En ce début d'après-midi, les premiers clients arrivent.

– C'est un peu bizarre d'habiter ici, me lance Mel après un long moment de silence. Je veux dire…

Je ne réponds rien. Je sais très bien ce qu'il veut dire. On nomme ce genre d'endroit « établissement de plaisir » ou « maison close ». En langage moins châtié, on appelle ça un bordel. Un bordel de luxe, certes, mais un bordel quand même.

Drôle d'endroit pour grandir ?

Oui.

Non.

Vu de l'extérieur, sûrement. Mais ce grand bâtiment est d'abord ma maison. J'en connais les moindres recoins pour l'avoir exploré le matin, quand il n'y a encore personne, ou pour m'y être faufilée incognito.

Au rez-de-chaussée, il y a la partie réservée au public, le bar, les bains, les salons, les salles de plaisir, reliés par des portes dérobées et des corridors obscurs sur le sol desquels les robes des filles murmurent.

Au premier étage, ce sont les cuisines et toute la partie logistique – la laverie, les vestiaires…

Et au deuxième, se trouvent les quartiers privés, là où je vis avec Locki et Nanou.

Quelques filles habitent avec nous, d'autres ont un appartement à l'extérieur.

Grandir au milieu de prostituées, je comprends que ça puisse sembler bizarre. Mais les putes, ce n'est pas ce qu'on croit. Je veux dire, ce mot est une insulte, mais celles qui travaillent dans l'établissement sont les femmes les plus fortes que je connaisse. Depuis que nous vivons ici, Locki et moi, elles ont été mes mères, mes sœurs, mes confidentes. Je sais que je pourrai toujours compter sur elles.

Il arrive parfois qu'au détour d'un couloir j'en trouve une en train de pleurer. Lorsque je les surprends ainsi, elles ne se cachent pas, au contraire. Elles me regardent longuement et me sourient, à travers le voile humide de leurs larmes et de leur maquillage défait. Un sourire mélancolique et délicat. Je ne les questionne pas. Elles m'ouvrent leurs bras et je me love contre elles en silence, ma joue doucement appuyée contre le satin de leur longue robe de chambre.

Quand ils viennent dans un endroit comme celui-ci, les hommes ne se montrent généralement pas sous leur meilleur jour. Le vernis de leur masque se craquelle. Et parfois, il vaudrait mieux ne jamais avoir vu ce qui se trouve derrière. Même moi qui ne suis pas une putain, j'ai vu des choses ici que je préférerais oublier. J'ai croisé des regards malsains qui me hantent encore.

La plupart du temps, les nuits se passent plutôt bien, du moins d'après ce que j'en entends de là-haut, enfermée dans le cocon de ma chambre.

Les filles m'ont appris à ne pas avoir honte des larmes. Il faut laisser sortir la peine, sinon elle te mange en dedans et la douleur finit par te grignoter le sourire jusqu'à ce qu'il n'en reste plus qu'une ombre. Lorsque les pleurs s'apaisent, tu peux toujours trouver une nouvelle raison de rire. C'est cette certitude qui les rend si fortes.

Alors oui, j'ai grandi au milieu de prostituées. Les filles m'ont prise dans leurs bras quand j'étais triste, elles ont soufflé avec moi les bougies de mes gâteaux d'anniversaire, elles m'ont grondée quand je faisais des bêtises, elles m'ont chatouillée jusqu'à ce que je n'en puisse plus de rire et que je leur hurle d'arrêter, elles m'ont parlé de l'amour, à leur manière.

Il m'arrive régulièrement d'être traitée de pute parce que j'habite ici. Je ne réponds rien, je souris, comme un défi. Pour moi qui les connais, ce serait presque un compliment. Loin de moi l'idée de faire l'apologie de ce métier, sincèrement, je ne pense pas que j'aimerais l'exercer. Ce que je veux dire, c'est que j'aime ces femmes. Avec Nanou et Locki, elles sont la seule famille qu'il me reste.

Mel a l'air embarrassé par mon silence.

– Ici, c'est chez moi, je lui réponds simplement.

Il acquiesce en cherchant mon regard.

– Je ne voulais pas être indiscret, s'excuse-t-il, je me demandais juste ce que ça pouvait faire de vivre ici. Je suis désolé si je t'ai blessée...

– Tu ne m'as pas blessée. T'inquiète.

– D'accord. Il vaut mieux que je rentre avant que quelqu'un se rende compte de mon absence...

Je serre ses mains un peu plus fort dans les miennes et nos lèvres se joignent un instant.

– File !

Il se lève et rejoint le mur qui borde le jardin de l'établissement. Bientôt, il disparaît et mon sourire de façade s'évapore.

Alors, pour lui aussi, je suis « la fille qui habite au bordel ». Sa question était presque innocente, mais j'ai remarqué la lueur de gêne qui s'est allumée dans ses yeux au moment où il l'a posée. Il aurait probablement préféré que sa copine soit dans la norme. Je soupire. J'en ai entendu des trucs dans mon dos, à l'école, dans la rue... Les filles me regardent de travers parce que l'existence de l'établissement choque leur petite morale et que leurs parents leur interdisent de s'approcher de moi. Quant aux garçons, ils me prennent pour une fille facile. Je me suis habituée aux chuchotements. Je me suis habituée à être seule.

Pour Locki, c'est différent. C'est un garçon. Les autres pensent que, parce qu'il habite l'établissement, il s'y connaît niveau filles, et cela le nimbe à leurs yeux d'une aura attirante, comme s'il détenait les secrets les mieux gardés de l'univers. Il pourrait être le roi de l'école s'il le voulait. Mais il ne le veut pas. Locki est un solitaire par nature. Moi, je suis une solitaire par contrainte. Je ne me plains pas, on s'accommode de tout, et parfois on y prend goût. Mais Mel… Il m'avait toujours soutenu qu'il s'en fichait. Me rendre compte que ce n'est pas vrai m'attriste.

3

Puisque j'ai promis que je le ferai, autant me rendre chez le vieux Johannes tout de suite. Je me lève et regagne ma chambre pour prendre mon sac à dos, puis j'enfile le couloir et dévale les escaliers. J'aime beaucoup ces escaliers : une large rampe sculptée, des boiseries partout et des fenêtres donnant sur le jardin – fenêtres par lesquelles on aperçoit à travers les branchages les créneaux des vieilles murailles de granit gris qui ceinturent la ville. Chaque fois que je les emprunte, j'ai l'impression d'habiter dans un château !

Arrivée en bas des marches, je franchis la barrière matelassée de velours rouge qui sépare la partie publique de l'établissement et la partie privée à laquelle les clients n'ont pas accès. Je traverse rapidement le hall d'entrée, le bruit de mes pas étouffé par l'épaisse moquette carmin. Les effluves d'encens se mêlent aux odeurs douces de parfums féminins. En passant, je fais une bise à Lucie, qui accueille les clients. Ses longs cheveux roux effleurent mon visage.

– Si Nanou me cherche, préviens-la que je suis sortie, je serai rentrée au plus tard dans deux heures.

Lucie acquiesce. Alors que je m'apprête à filer, elle m'attrape doucement le poignet.

– Un coup de blues, ma puce ? me demande-t-elle en plongeant ses grands yeux verts dans les miens.

Quoi, je suis transparente à ce point-là ?

– Non non, tout va bien, je lui réponds d'une voix assourdie par la contrariété d'être si facilement percée à jour.

Je lui souris jusqu'à ce qu'elle lâche mon poignet. Cela m'énerve de ne rien pouvoir cacher aux gens qui me connaissent bien. Enfin si, je peux leur cacher des choses, prétendre que je vais à tel endroit alors qu'en réalité je vais autre part, cela je le peux. Je suis plutôt douée pour les mensonges. Mais concernant mon humeur, rien à faire : c'est comme si ce que je ressens était tatoué sur mon visage. Et puis, franchement, « coup de blues », qui utilise encore cette expression ? Ça craint...

Je passe la porte du hall où les deux vigiles me saluent d'un mouvement de tête et je me retrouve dans la rue. Ce genre d'établissement étant plutôt confidentiel, la façade ressemble à n'importe quelle façade de maison bourgeoise, même si, bien sûr, personne n'est dupe. Juste en face de moi, la portière d'une grosse voiture noire aux vitres teintées s'ouvre pour laisser place à une silhouette familière. C'est le conseiller Moklart, principale figure politique de La Ville après le maire et client régulier de l'établissement.

– De plus en plus jolie, mademoiselle June ! s'exclame-t-il en guise de salut.

Mais pourquoi est-ce que les gens me parlent toujours quand je ne veux parler à personne ? Bon, OK, ce qu'il vient de dire est plutôt gentil.

– Je... merci ! je lui réponds en m'éloignant à reculons. Excusez-moi, je suis un peu pressée.

Nanou m'a toujours répété de ne pas froisser les clients, alors à lui aussi je souris avant de m'échapper. Sourire, toujours sourire... Et si moi, je n'en ai pas envie, hein ?

Je remonte la rue à toute vitesse, puis je bifurque à droite, longeant un parc ensoleillé en direction des immeubles du centre ville. Marcher me calme. Un peu.

Je traverse une place pavée au milieu de laquelle une fontaine s'écoule. Croyant entrevoir une silhouette familière, je sens mon cœur accélérer. Mais il n'y a rien d'autre qu'un fantôme, un souvenir que je ferais mieux d'oublier. Pourtant je ne peux m'empêcher de repenser à l'homme que j'ai rencontré sur cette place il y a quelques semaines. Une voix dans ma tête murmure son prénom : Jonsi, Jonsi... Son regard profond et lumineux me hante. Ses doigts fins.

Je secoue la tête.

Je ne dois plus y penser.

Je ne le reverrai pas.

Soudain, une grappe d'enfants arrive en sens inverse et me dépasse en criant joyeusement :

– Le train ! Le train !

Le train, déjà ? Il ne devait pas être de retour avant plusieurs semaines… Aussitôt, la nouvelle repousse mes souvenirs dans ce coin de ma mémoire d'où ils n'auraient jamais dû sortir.

L'arrivée d'un train de marchandises est toujours un événement exceptionnel. C'est le seul contact que nous ayons avec le monde extérieur, avec ces autres villes que je n'ai jamais vues et que je ne verrai jamais. Le train s'y rend, les wagons remplis de marchandises, et il en revient des semaines plus tard, aussi lourdement chargé, mais par des denrées que nous ne trouvons pas par ici ou que nous ne savons pas fabriquer.

Des dizaines de personnes déboulent dans la rue et je me retrouve à contre-courant, obligée de lutter contre le flot pour avancer.

– Hé, June ! Amène-toi !

Je cherche des yeux la voix qui m'appelle. Une grande perche brune agite la main sur le trottoir d'en face. C'est Gwen, une fille un peu bizarre qui est dans la classe de Mel, une année au-dessus de moi. Elle appartient plus ou moins à cette drôle de bande où tous les âges se confondent et que les autres évitent. Je dis plus ou moins, parce que le principe fondateur de cette bande est justement de *ne pas* en être une. Chacun vient quand il en a envie, et personne ne semble lui en vouloir s'il s'éloigne des jours durant. Le groupe se fait et se défait à longueur d'année. C'est en le côtoyant que j'ai connu Mel.

Je traverse la rue pour rejoindre Gwen. Aussitôt, elle se remet à courir avec la poignée d'ados qui l'accompagnent. Je leur emboîte le pas.

– Le train est arrivé, lance Gwen sans ralentir.
– Oui, j'ai cru comprendre…

Devant nous, un garçon élancé, vêtu d'une improbable chemise bleu électrique, s'engage dans une ruelle latérale pour échapper à la foule. Nous le suivons.

– Tiens tiens, la fille du bordel ! lance un rouquin aux cheveux en pétard en accélérant pour me rattraper.

Une réplique cinglante monte à mes lèvres, mais Gwen coupe net mon élan.

– Laisse-la tranquille, Dan, siffle-t-elle comme une menace.

– Ouais, renchérit une fille derrière moi, ferme-la, ça nous fera des vacances.

Je tourne la tête pour voir qui a parlé. En pleine course, une blonde un peu boulotte m'adresse un sourire et se présente :

– Maya. Fais pas attention, il est juste jaloux que tu aies choisi Mel.

– Alors là, pas du tout ! se défend Dan en criant comme s'il était accusé d'un crime horrible.

Dans le groupe, tous éclatent de rire. Le rouge monte aux joues de Dan, qui accélère en grommelant. Je souris, amusée et un peu embarrassée.

Nous arrivons en vue de la gare. Des centaines de personnes agglutinées le long du grillage nous cachent la vue du train. Quelques membres de notre groupe ralentissent et vont grossir les rangs de l'attroupement. Gwen, Dan, Maya et le grand type en chemise bleue devant nous continuent de courir. Ils semblent parfaitement connaître leur destination. Je les suis.

Parvenus au bout de la rue, ils s'arrêtent brusquement devant une maison. La peinture de la façade est écaillée, mais des jardinières pleines de fleurs ornent chaque fenêtre. Ils s'y engouffrent l'un après l'autre.

– C'est chez Bénédict, me souffle Maya en me faisant signe d'entrer.

Bénédict, c'est le type à la chemise bleue et au visage tout en angles. J'hésite, puis, poussée par la curiosité, j'entre. Nous montons à l'étage pour voir le train. Le déchargement n'a pas encore commencé. Rassemblés autour de la fenêtre, nous observons les gardes personnels du maire faire des allers-retours sur le quai dans leurs uniformes noir et or.

– Il y a plus de gardes que d'habitude, constate Gwen.

Dan fronce les sourcils.

– Ouais, ça va être chaud, ce coup-ci.

– Qu'est-ce qui va être chaud ? je demande.

Ils se regardent en silence, puis :

– Tu sais tenir ta langue ? menace Bénédict en me dévisageant de ses yeux bleus perçants.

Je hausse les épaules.

– Ça dépend.

– Ça dépend de quoi ?

– Pas envie de me retrouver embarquée dans une affaire que je regretterai après. Mais je sais me taire, oui.

Bénédict lance un regard à Gwen et, comme à regret, acquiesce imperceptiblement.

– Y a un truc qui nous intéresse dans ce train, m'explique Gwen après cet échange silencieux.

Impossible de douter de leurs intentions.

– Vous voulez voler quelque chose, dis-je.

– Booouuuuuuuh, s'exclame aussitôt Bénédict, sa voix teintée d'une implacable ironie, voler c'est paaaaaas bien !

Il me lance un sourire désarmant tandis que Dan éclate de rire.

– C'est pas vraiment du vol, précise ce dernier en se tournant vers moi, on prélève juste une taxe sur la marchandise.

Je secoue la tête, partagée entre l'incrédulité et l'amusement. Pour une fois, j'ai envie de ne pas être raisonnable. Jetant un regard en direction du quai, je frissonne. La garde personnelle du maire. L'élite, réputée pour son zèle frôlant le fanatisme et la cruauté gratuite de ses interventions.

– Pour une fois que c'est pas eux qui s'en mettent plein les poches, crache Gwen comme si elle lisait dans mes pensées.

J'acquiesce. De nombreuses rumeurs circulent en ville sur la marchandise que confisquent d'office les gardes d'élite pendant le déchargement des trains, ce qui n'améliore pas leur image auprès des habitants. Je m'inquiète :

– Mais comment ? Personne n'a accès aux quais...

– Viens ! lance Bénédict avec un air de conspirateur.

4

Ils m'entraînent au rez-de-chaussée et, une fois arrivé dans la cuisine, Bénédict soulève quelques dalles du carrelage. Une trappe en bois munie d'un anneau apparaît au-dessous. L'excitation m'envahit. Il tire sur l'anneau, dévoilant un escalier qui s'enfonce dans le sol. Gwen craque une allumette pour allumer une lampe à huile et, à la lueur tremblotante de la flamme, nous descendons. L'escalier compte à peine une dizaine de marches. Nous nous retrouvons dans une pièce au plafond bas, avec un sol en terre battue. Au fond, je découvre un tunnel creusé à même la terre.

– Il mène directement aux rails, m'explique Dan à voix basse.

Intriguée, je me renseigne :

– C'est vous qui l'avez creusé ?

– Non, répond Bénédict, ce passage existe depuis des dizaines d'années. Probablement construit par l'un de mes ancêtres... à qui j'adresse mes plus chaleureux remerciements pour son utile initiative !

– Ouaip, ajoute Dan, merci papi !

Nous étouffons nos rires pour ne pas trahir notre présence.

Bénédict s'engouffre en tête dans le tunnel. Je m'y engage à sa suite, à demi courbée, mes deux mains effleurant les parois pour me guider. Nous sommes probablement sous la rue, à présent, là où des centaines de personnes piétinent et poussent des cris de joie, attendant d'apercevoir ce que recèlent les wagons. Le tunnel se termine bientôt en cul-de-sac sur un mur de pierres grises. Avec mille précautions, Bénédict tire à lui l'une des lourdes pierres et la pose sur le sol, puis une deuxième, jusqu'à créer une ouverture suffisamment large pour s'y glisser.

– Ça ne risque pas de s'effondrer ? soufflé-je.

– T'inquiète, chuchote Bénédict, le poids se répartit autour de l'ouverture. Attends mon signal et rejoins-moi, ajoute-t-il.

J'acquiesce. Il tend l'oreille, puis disparaît de l'autre côté. Je m'avance. Les rails sont juste devant moi, il me suffit de tendre le bras pour les toucher et j'entrevois le ventre d'un wagon couvert de poussière jaune et Bénédict qui rampe sous le train. Je sens une poussée d'adrénaline monter en moi, et je me rends compte que j'aime ça.

Soudain, il m'adresse un signe de la main. Je me glisse à mon tour sous le wagon. J'aperçois sur le quai les chaussures brillantes des gardes qui claquent en rythme.

D'un geste, Bénédict m'ordonne de ne pas bouger. Il jette un coup d'œil sur le quai où patrouillent les gardes, puis sur l'autre. Seuls deux gardes s'y trouvent. Bénédict attend qu'ils lui tournent le dos puis, avec aisance, il se hisse sur le quai et disparaît.

Au pas léger que j'entends au-dessus de ma tête un instant plus tard, je devine qu'il est entré dans le wagon. Le claquement des bottes approche, s'éloigne. Avant de revenir. Je retiens mon souffle.

Après quelques minutes – une éternité –, une caisse en bois apparaît sur le quai. Je l'attrape et rampe sur les rails pour la confier à Gwen, qui la récupère à l'entrée du tunnel. Je n'ose imaginer ce qui arriverait si nous étions pris. Et pourtant un sourire s'accroche à mes lèvres. Mes sens sont plus aiguisés que d'habitude, plus alertes. J'entends distinctement les déplacements des gardes, le chuintement de mes vêtements, les voix fébriles des spectateurs ; l'odeur ferreuse des rails et des roues chauffées par le soleil me remplit les narines. J'ai l'impression d'être partout à la fois, et cette ultraconscience mêlée d'excitation me transporte.

Bientôt, Bénédict me passe une deuxième caisse, plus lourde, et une troisième, d'où s'échappent des tintements aigus.

Il me faut développer des trésors de lenteur et de délicatesse pour l'apporter à Gwen en silence. Finalement, la troisième caisse disparaît.

Bénédict tombe souplement à côté de moi, et nous regagnons l'abri du tunnel.

Après avoir replacé les pierres, nous remontons avec empressement dans la maison, nos trophées entre les bras. Les frissons de peur et de plaisir semblent ne jamais vouloir s'arrêter de courir le long de mon dos. Notre expédition n'a pas duré plus de dix minutes, mais j'ai l'impression d'avoir passé une heure entière couchée sur les rails, craignant à tout moment d'être surprise.

Rassemblés autour de la table de la cuisine sur laquelle nous avons posé les caisses, nous attendons que Dan fasse sauter le couvercle de la première d'entre elles à l'aide d'une barre de métal. Bientôt, le couvercle cède dans un craquement sonore, dévoilant d'épais et soyeux tissus colorés. Les filles poussent des soupirs de dépit.

– Mouais, commente Bénédict, ma mère sera contente... Voyons la suite.

La deuxième caisse cède facilement. À l'intérieur, s'empilent des dizaines de tablettes de chocolat.

– Déjà mieux ! s'exclame Maya en déchirant avec empressement le papier d'emballage de l'une d'elles.

Mais déjà Dan s'approche de la troisième caisse, celle qui tintait lorsque je rampais sous le train pour la passer à Gwen.

– Celle-ci semble prometteuse, lance-t-il en la soupesant.

– Fais gaffe, dit Gwen, c'est fragile...

– T'inquiète.

Avec d'infinies précautions, Dan s'emploie à faire sauter les planches qui ferment la dernière caisse.

– Jackpot ! s'exclame Bénédict lorsque les lames de bois cèdent, un sourire satisfait flottant sur ses lèvres.

Une dizaine de bouteilles s'y trouvent, remplies d'un liquide ambré. Je devine qu'il s'agit d'alcool, une denrée presque introuvable et réservée aux plus riches personnalités de La Ville. Autour de la table, des cris de joie s'élèvent et se mêlent à ceux de la foule qui continue d'affluer au-dehors.

– Qu'est-ce que c'est exactement ? je demande.

– Ça, ma jolie, me répond Bénédict avec une courbette, c'est une bonne soirée qui s'annonce !

– Du rhum, précise Dan, initialement destiné à la réserve particulière de monsieur le maire !

– Il ne s'apercevra pas que la caisse a disparu ?

– Jusqu'ici, on s'est jamais fait pincer, répond Gwen en débouchant une bouteille. J'ai l'impression qu'avant le déchargement personne ne sait ce qui se trouve dans le train, conclut-elle en agitant doucement le flacon dans la lumière, faisant ainsi ressortir les reflets dorés du liquide.

Une bouteille dissimulée dans le sac à dos de Bénédict, nous quittons l'agitation du quartier de la gare pour rejoindre le haut des remparts nord. Nous nous asseyons entre deux larges créneaux. Mes pieds se balancent au-dessus du vide. Devant moi s'étale la lande herbue, coupée en deux par les lignes parallèles des rails qui filent tout droit jusqu'à ce que le regard ne puisse plus les suivre. À l'est, en amont de la rivière, j'aperçois le premier des sept villages voisins, entouré de champs de céréales. La rivière traverse ensuite La Ville et ressort de l'autre côté pour se perdre dans un grand bois au nord-ouest.

– Je me suis toujours demandé comment ils faisaient, sans remparts, dit Maya en désignant le hameau.

Un sourire étire mes lèvres. Je suis née dans l'un de ces villages. J'y ai passé les premières années de ma vie, et je me souviens de manière incroyablement précise de la pointe d'inquiétude dans la voix de ma mère lorsqu'elle m'appelait à la tombée de la nuit pour que je rentre me mettre à l'abri. Je me rappelle aussi que nous barricadions la maison pour nous protéger des animaux sauvages et des groupes de rôdeurs qui, en hiver, attaquaient les habitations isolées pour se nourrir. Chaque soir, c'était le même rituel : le lourd panneau en bois placé derrière la solide porte de chêne aux multiples verrous, les volets de métal cadenassés aux fenêtres... La fête du printemps, qui a lieu en ville chaque année lorsque les beaux jours reviennent et que les nuits raccourcissent, était alors vécue comme une libération.

— Ils se débrouillent, dis-je simplement.

Le soleil touche presque l'horizon lorsque Bénédict me tend la bouteille de rhum. J'hésite, Nanou va s'inquiéter de ne pas me voir rentrer. Non, elle se doutera que je suis allée assister au déchargement du train, elle a forcément entendu la rumeur de son arrivée. Cette pensée me détend, et je porte le goulot à ma bouche. L'odeur forte m'arrache une grimace. Les autres s'amusent de ma réaction.

— Ça picote, dit Gwen.
— Ça picouille, ajoute Dan.
— Ça gargouille, conclut Bénédict.

J'incline le flacon pour déverser dans ma bouche une minuscule gorgée qui me brûle agréablement la langue et que je sens glisser jusqu'au fond de mon ventre, avant de passer la bouteille à Gwen. Maya sort une tablette de chocolat.

— Un vrai festin, ce soir! s'exclame Bénédict.

Dan renchérit en levant la bouteille vers les tours du centre ville :

— Merci, monsieur le maire! Très généreux de votre part de partager avec la populace!

— Hé, la populace, lui réplique Bénédict, fais tourner la boisson!

J'éclate de rire devant le regard outrageusement affecté de Dan, qui n'a manifestement aucune envie de lâcher la bouteille et entame une petite danse en la berçant comme un enfant.

Je m'aperçois avec surprise que je passe une soirée agréable. Je veux dire, avec des personnes qui ne sont ni les filles de l'établissement, ni Locki, ni Mel. Je ne me suis pas sentie aussi bien au milieu d'un groupe depuis longtemps. Je regarde Dan, Bénédict et Gwen qui se disputent le rhum en criant. Leur désinvolture et leur irrévérence me fascinent. Dans l'obscurité du crépuscule, j'en viens presque à me persuader que rien n'est grave et que la vie est simple. J'aurais aimé partager ce moment avec Mel.

– Ça vous tente de sortir ? lance Bénédict, les yeux brillants.

– Sortir ? s'étonne Maya. On est déjà dehors, non ?

– Sortir de la ville, patate !

Rester le plus longtemps possible à l'extérieur des remparts après la tombée de la nuit est depuis toujours le jeu préféré des adolescents. Locki détient d'ailleurs le record absolu. Je secoue la tête. Ce genre de jeu ne m'attire pas.

– Allez-y, dis-je, je vous regarde !

– OK, fait Dan, alors tu arbitres.

J'acquiesce. Maya descend avec eux pour distraire les gardes de la porte nord. Elle doit réussir sa mission à merveille car, un instant plus tard, trois silhouettes se glissent dans l'ombre au pied du mur. Des exclamations étouffées me parviennent, tandis que Maya me rejoint.

– Ils sont sortis ? demande-t-elle.

– Ça en a tout l'air.

Je lève la tête. Les lumières de La Ville nous cachent la plupart des étoiles, mais quelques-unes brillent courageusement dans le ciel nocturne. Soudain, en contrebas, Bénédict éclate d'un rire princier, irrésistible. Je ne sais ce qui l'amuse ainsi, mais je ne peux m'empêcher d'y répondre.

– Je parie qu'ils ne tiendront pas plus de dix minutes, déclare Maya.

Je secoue la tête :

– Cinq minutes maximum...

En effet, quelques instants plus tard, un grondement animal retentit dans la nuit. Au pied de la muraille, des chuchotements s'élèvent, suivis de gloussements et de bruits de pas précipités. D'un même mouvement, Dan, Bénédict et Gwen rejoignent la porte. Ils endurent un instant les remontrances des gardes, puis s'échappent discrètement.

Nous descendons l'escalier des remparts et les retrouvons dans la rue.

– Alors, qui a gagné ? questionne Dan en nous voyant arriver.

– Personne ! dit Maya.

Dan se tourne vers moi, contrarié.

– Attends, je suis certain d'être rentré le dernier !

Je m'exclame :

– Vous vous êtes tous les trois précipités à l'abri en appelant votre mère, bande de trouillards ! Mais si le but du jeu était de crier le plus fort, Dan, tu es déclaré vainqueur !

– Bah, fait Dan avec un haussement d'épaules fataliste, mes cris ont probablement flanqué la frousse à la bestiole qui voulait nous dévorer pour dîner, c'est déjà une victoire...

Nous nous séparons. Sur le chemin du retour, je croise des passants qui reviennent de la gare. Les lampadaires diffusent une lumière orangée, faible mais suffisante pour dissiper les ténèbres.

J'entre dans l'établissement par la porte de derrière et me faufile à travers l'affairement sulfureux des salons et des couloirs jusqu'à l'escalier principal, jusqu'à ma chambre, jusqu'à ma couette, jusqu'au sommeil qui me saisit au moment précis où je pose ma tête sur l'oreiller moelleux, un large sourire sur les lèvres.

5

Assise dans la cuisine, je presse ma tête entre mes mains pour tenter de calmer les tambours qui s'y déchaînent. Je n'ai pas l'impression d'avoir beaucoup bu hier soir. Mais manifestement, ce que j'ai avalé a suffi à me donner un mal de crâne carabiné.

Deux filles entrent dans la pièce en riant, m'embrassent, ressortent avec leur repas sur un plateau. C'est l'heure où certaines partent se coucher alors que d'autres se préparent pour les premiers clients de la journée.

Lucie entre à son tour, les yeux cernés et le maquillage défraîchi, moulée dans une robe turquoise qui dévoile beaucoup et suggère encore davantage. Elle se laisse choir sur une chaise, repousse négligemment en arrière ses beaux cheveux roux, attrape un morceau de pain qu'elle commence à mordiller sans appétit.

– Nuit difficile ? je demande.

– Un client violent, il a frappé Melia, dit-elle d'une voix lasse. J'étais là avant les vigiles. J'ai presque dû l'assommer pour qu'il arrête.

Une vague de colère m'envahit en pensant au visage délicat de Mélia. Lucie m'observe un moment, puis ajoute :

– Ta nuit aussi a l'air d'avoir été mouvementée.
– La soirée seulement.

Lucie acquiesce, amusée.

– Au fait, une nouvelle vient d'arriver.
– Une nouvelle ? lance la voix de Locki derrière moi.

Je sursaute.

– Arrête de faire ça !
– De faire quoi ?
– Arriver sans bruit derrière les gens, c'est agaçant...

Locki esquisse un minuscule sourire d'autosatisfaction, qui n'arrange pas mon humeur.

– Ah, le rhum ! s'exclame-t-il innocemment. Ça endort la vigilance.
– C'est donc ça, sourit Lucie.

Je lance un regard en coin à Locki, agacée qu'il soit déjà au courant des événements de la veille. Je marmonne :

– Qui t'a lâché l'info ?
– J'ai mes sources. Tout le monde ne ronfle pas jusqu'à midi comme toi !

Je secoue la tête. Impossible de cacher quoi que ce soit à mon frère, il finit toujours par tout savoir, et souvent plus vite que je ne le souhaiterais.

– Tu parlais d'une nouvelle fille ? demande-t-il d'un air détaché.

Mais la lueur d'intérêt dans ses yeux ne trompe ni Lucie ni moi. Nous échangeons un petit regard entendu.

– Nanou l'a recrutée ce matin, confirme Lucie, et...

Des bruits de pas à la porte nous interrompent. Nanou entre dans la pièce accompagnée d'une jeune fille brune ravissante qui ne doit pas avoir plus de dix-sept ans. Ses cheveux coupés au carré encadrent un visage fin éclairé par des yeux en amande. J'ai beau être habituée aux activités de l'établissement, j'ai l'impression que les filles dénichées par Nanou sont chaque fois plus jeunes. Peut-être parce que je grandis ? Je dévisage la nouvelle recrue. Voyant la mélancolie dans son regard, j'en veux soudain à ma tante de l'avoir choisie. Elle n'a qu'un an de plus que moi. Quelles raisons l'ont menée si tôt ici ?

Je surprends le regard admiratif de Locki. Il y a encore un an, lorsque mon frère regardait une fille, il y voyait soit une mère, soit une sœur, soit un être totalement dénué d'intérêt. Il semble qu'il ait récemment revu son opinion sur la question.

– June, Locki, annonce Nanou, je vous présente Lou. Elle habitera avec nous à présent.

La dénommée Lou nous adresse un hochement de tête détaché et, de manière inexplicable, je sens immédiatement que je vais apprécier sa présence.

Nanou esquisse un geste de la main en direction de la porte :

– Je pensais que vous pourriez lui faire visiter la maison.

– Je m'en charge, répond Locki avec un peu trop d'empressement.

Nanou fronce les sourcils d'un air soupçonneux. D'ordinaire, Locki a plutôt tendance à se défiler dès qu'on lui demande un service et, bien que Lou semble capable de se débrouiller seule pour repousser les avances d'un adolescent, ma tante déclare :

– June et Lucie vous accompagneront. Cela vous permettra de, hum, faire connaissance.

Et après un regard appuyé à Locki, ma tante nous abandonne en compagnie de Lou.

À peine la visite du rez-de-chaussée terminée, je m'esquive, laissant Lucie et Locki escorter Lou dans les étages. Mel me manque. Il ne se passera pas un jour de plus sans que je rende visite au vieux Johannes.

Mon mal de tête s'est un peu calmé lorsque j'arrive devant sa porte. J'inspire un grand coup avant d'appuyer sur la sonnette. Des bruits de pas dans un escalier, un grognement, et la porte s'ouvre. L'ermite se tient face à moi. Comme d'habitude, ses cheveux sont ébouriffés et il se noie dans un pull brun informe.

– Monsieur Sharp, excusez-moi de vous déranger, je voulais juste...

D'un coup, ses yeux perçants s'illuminent.

– Mademoiselle June Serik ! Entre, voyons, tu ne vas pas rester sur le pas de la porte !

D'un geste de la main, il m'invite à le suivre dans le corridor sombre qui fait office d'entrée.

– C'est gentil, mais je voulais juste vous parler à propos de...

– Referme la porte derrière toi, s'il te plaît, me lance-t-il par-dessus son épaule.

Le vieux Johannes ne m'a jamais invitée à l'intérieur de sa maison, et je ne connais personne qui y soit entré. Surprise, je repousse le battant et me faufile entre le mur et un portemanteau débordant de vêtements au pied duquel traînent quelques paires de chaussures usées.

– Accorde-moi un instant pour ranger ce bazar, marmonne-t-il en me précédant dans le salon.

Effectivement, la pièce est un vrai capharnaüm. Meubles, papiers, livres, vases, bibelots, vaisselle, s'y entassent sans logique apparente. Une odeur agréable de cire ou de noisette flotte dans l'air. Un chat à la robe blanche mouchetée de noir se colle à mes jambes tandis que le vieux Johannes Sharp chasse celui qui se prélassait sur le fauteuil de cuir trônant au milieu du champ de bataille. Il m'indique le fauteuil en faisant disparaître une pile de papiers dans le tiroir d'un solide bureau en bois sombre.

– Si tu veux, tu peux t'asseoir là. J'en ai pour une seconde.

L'amabilité inhabituelle du vieux Johannes m'intrigue – je ne l'ai jamais entendu s'exprimer autrement que par des grognements –, mais je n'ose rien dire et me glisse jusqu'au fauteuil en question à travers les piles de livres et la marée de chats qui se frottent contre moi. Il en sort de partout, sous la table basse, sur le bureau, par la porte ouverte qui donne sur le jardin... Quelques-uns m'observent, assis sur les rayonnages de la bibliothèque murale. Ils se fondent dans le décor et semblent n'apparaître qu'au moment où ils se mettent en mouvement.

J'observe mon hôte à la dérobée. Je ne sais pas pourquoi tout le monde l'appelle « le vieux Johannes ». Il n'est pas si vieux que cela, la soixantaine, tout au plus... Peut-être est-ce parce qu'il vit seul avec ses chats, ou à cause de cette façon qu'il a de rentrer sa tête dans ses épaules en ployant le dos.

– Lorsqu'on vit seul, vois-tu, me dit-il tout en s'activant, on prend vite la mauvaise habitude de laisser le bazar s'accumuler! Cela fait longtemps que je n'ai pas eu de visite. Pas que je cherche à en avoir davantage, ajoute-t-il rapidement avec un mouvement d'épaule, non, c'est très bien comme ça. Tu veux quelque chose à boire? Un jus de fruit, un sirop?

– Je... jus d'orange, pourquoi pas.

– Je vais chercher ça.

Jamais je n'aurais imaginé que le vieux Johannes avait du sirop dans ses placards... Du thé, oui, des jus de fruits, passe encore, mais du sirop...

Un chat noir, une femelle je pense, saute sur l'accoudoir du fauteuil et commence à jouer avec mes cheveux. Une autre, avec une étoile blanche sur le poitrail, la rejoint bientôt et s'aventure jusque sur mes genoux. Elle s'assied face à moi et me regarde dans les yeux un court moment, puis teste le moelleux de mes cuisses avec les coussinets de ses pattes jusqu'à se rouler en boule et s'y installer.

– Ne te gêne pas, surtout, je lui murmure, fais comme chez toi!

Elle me répond par un soupir de satisfaction. La mini panthère noire est toujours en train de lacérer mes cheveux, je lui offre ma main pour l'occuper. Elle la renifle avec minutie, puis saute sur le dossier derrière ma tête et s'allonge là, la queue battant l'air, comme un fauve sur une branche. Une chatte noire et blanche arrive par la porte du jardin et se frotte à mes pieds, quand Johannes revient avec deux verres de jus d'orange en équilibre sur un plateau qu'il pose avec adresse sur la table basse avant de tirer à lui le siège noir de son bureau pour s'asseoir face à moi.

– Je vois que les filles t'ont adoptée! s'exclame-t-il. La demoiselle assise sur tes genoux, c'est Truckette, et l'adorable peste perchée sur ton dossier se prénomme Pénélope. Celle qui fait un câlin à tes pieds, c'est Bidule, leur mère.

Son enthousiasme est communicatif. Je souris.

– Bidule, Truckette et Pénélope... charmant ! Enchantée !

Johannes se penche par-dessus la table pour me tendre mon verre, dévoilant un bracelet de métal ouvragé, vite recouvert par la manche de son pull.

– Alors, jeune fille, commence-t-il avec entrain en se calant confortablement dans son fauteuil, quelles sont les nouvelles du monde ? Les hommes ont-ils réappris à regarder les étoiles ? L'école est-elle devenue intéressante ? Les cons se sont-ils mis à penser ?

6

Interloquée, je reste muette quelques secondes en me demandant si j'ai bien entendu. Oui, vu le regard amusé que me lance le vieux Johannes, j'ai bien entendu. Je ne peux m'empêcher de sourire. Décidément, il est doué pour me déstabiliser !

Je porte mon verre à mes lèvres et bois une gorgée de jus d'orange en réfléchissant à ce que je vais répondre. Il cherche à me provoquer ? Bien. Je décide d'entrer dans son jeu.

– Pas exactement, j'aurais même tendance à penser que la connerie est une maladie qui gagne du terrain chaque année dans notre ville, ce qui se ressent forcément à l'école. Certains profs, davantage pourvus d'humour que les autres, tentent de résister à cette vague irrésistible mais, comme les classes sont aussi pleines de crétins que l'administration, la bataille semble perdue d'avance. Quant à regarder les étoiles, il faudrait déjà penser à éteindre les lumières.

Johannes semble satisfait de ma réponse. Ses petits yeux brillants me fixent, amusés.

– Tu as du répondant, June Serik, toutefois tu as tort sur un point : la bataille de l'intelligence contre la bêtise est loin d'être perdue. Il suffit parfois de peu. Un événement, une rencontre... et les personnes se remettent à rêver et à penser.

Je secoue la tête, à demi convaincue.

– Peut-être. Mais la plupart des personnes intelligentes, justement parce qu'elles sont intelligentes, se cachent pour vivre tranquilles. Alors que devons-nous penser de ces gens qui ne cherchent qu'à être vus, qui deviennent des modèles à suivre – à commencer par ceux qui prétendent nous diriger, maires et autres conseillers ? Il existe probablement des exceptions, pourtant j'ai tendance à croire que si la bêtise progresse, c'est parce que nous sommes gouvernés par des abrutis... Je vous choque ?

Johannes me regarde avec une expression étrange, les lèvres légèrement pincées, comme s'il s'efforçait de réprimer un éclat de rire. Il secoue la tête.

– Hum. Non. Ton point de vue est recevable. Mais ce sont d'étranges préoccupations pour une jeune fille de seize ans !

– Ce n'est pas parce que j'ai seize ans que je ne regarde pas ce qui se passe autour de moi... Et puis vous savez, là où je vis, il circule un certain nombre de personnes qui ont un rôle politique important, et comme je n'ai pas pour habitude de me boucher les oreilles, eh bien, j'écoute... on entend parfois de drôles de choses !

J'ai toujours trouvé étrange d'opposer la capacité à penser et la jeunesse. Il m'arrive, comme hier, de ne pas avoir envie de réfléchir et de me laisser porter par les événements. Mais cette légèreté est passagère. J'ai grandi entourée d'adultes, dans un monde où l'insouciance est rare. Un monde où l'observation et la réflexion sont les seuls moyens d'échapper à la place que certains clients voudraient me donner : une prostituée en devenir.

– Ça, je te crois, affirme doucement Johannes après un moment de silence. Il n'empêche, si je répétais à quelqu'un que tu écoutes les clients en douce...

– C'est une menace ? Disons que je vous fais confiance. Et puis je ne prends pas de risque, à qui pourriez-vous répéter cela ? Vous êtes trop solitaire !

– Tu donnes rapidement ta confiance aux gens, je me trompe ?

Je déteste cette manie de répondre à une question par une autre question...

– Peut-être, lui dis-je. Quand on donne sa confiance à quelqu'un, en général, il s'en montre digne. Sinon, tant pis, je me détourne de la personne qui me trahit...

– Je vois.

Il marque une pause et semble chercher ses mots.

– Tu n'as jamais pensé à faire l'inverse ? me demande-t-il enfin. Accorder du crédit aux gens à partir du moment où ils t'ont prouvé qu'ils en étaient dignes ?

Interloquée, je fronce les sourcils.

– Je ne comprends pas. Vous êtes en train de me conseiller de me méfier de vous ?

Johannes me regarde un moment en silence avant de me préciser :

– Pas exactement. Mais tout le monde n'est pas forcément digne de confiance. Tu connais ce vieil adage, « les apparences sont parfois trompeuses ». Enfin moi, je dis ça, je ne dis rien…, ajoute-t-il en faisant un moulinet avec sa main. Je suis juste un vieil ermite paranoïaque qui préfère la compagnie des chats à celle des hommes !

J'ai l'étrange impression qu'il tente de me mettre en garde. Mais j'ai beau chercher, je ne vois pas contre quoi. Le silence retombe. Je caresse distraitement la tête de Pénélope, qui dépasse au-dessus de mon épaule. Je me sens bien, ici.

– J'ai très peu de souvenirs de mes parents, lui dis-je, à peine si je me rappelle leur visage, mais quelque chose en vous m'évoque mon père. Votre voix peut-être, il avait une voix grave, un peu cassée, comme la vôtre. C'est sûrement pour ça que je vous fais confiance.

Johannes m'adresse un bref sourire, puis, visiblement peu à l'aise avec ce genre de confidence, me pose des questions sur l'école, et sur ma vie en général, avant que le silence ne s'impose à nouveau.

– Je t'aurais bien proposé une figue, me lance Johannes, mais on m'a justement volé hier matin celles qui étaient mûres.

Le but de ma visite me revient brusquement à l'esprit.

– Oui, à ce propos… je commence, un peu gênée.

C'est alors que je remarque son petit sourire en coin. Le vieux renard sait exactement pourquoi je suis là ! J'ai la conviction que depuis que j'ai sonné à sa porte, il se demande à quel moment je vais aborder le sujet ! J'éclate de rire.

– Vous n'attendiez que ça, n'est-ce pas ?

– Je ne vois pas de quoi tu veux parler, me répond-il tranquillement, son petit sourire toujours coincé à la commissure des lèvres.

– Vous mentez mal, monsieur Sharp ! On ne ment pas à une menteuse !

Le sourire de Johannes s'élargit et laisse apparaître des dents qui me surprennent par leur blancheur et leur alignement impeccable.

– Tu as raison. Dis-moi, ce n'était pas ton frère, hier, qui s'est échappé de mon figuier avant que je n'attrape le jeune Mel ?

– Possible…

S'il croit que je vais dénoncer mon frère, il se met le doigt dans l'œil ! Je me lance :

– Mel est privé de sorties jusqu'à la fin des vacances.

– Il l'a bien mérité, marmonne-t-il.

– Il a juste pris quelques figues...

– Et il a lancé les pelures sur mes chats, ajoute-t-il d'un ton féroce.

Je jette un coup d'œil autour de nous. Truckette est toujours vautrée sur mes genoux. Les autres matous passent tranquillement du jardin au salon par la porte ou la fenêtre ouverte. Hier, j'aurais eu peur d'insister mais, après la discussion que nous venons d'avoir, je n'hésite pas une seconde à le provoquer :

– Avouez que vos chats n'ont pas vraiment l'air traumatisés !

Johannes me répond par un grognement. Je décide de la jouer diplomate.

– Si Mel s'excusait, vous accepteriez d'aller voir ses parents pour qu'ils lèvent la punition ?

– Pourquoi est-ce que je ferais ça ?

– Parce que vous n'êtes pas aussi bourru que vous le prétendez ! Vous n'allez pas priver Mel de sorties alors qu'il est en vacances ?

– Ce n'est pas moi qui le prive, me répond-il d'un ton outré, ce sont ses parents. Et je suis aussi bourru qu'on peut l'être. Tu sais bien, je suis le vieux Johannes Sharp qui n'aime personne.

Son sourire en coin est de retour. Il se fiche de moi, ma parole !

– S'il vous plaît...

Johannes me regarde en silence.

– Vous irez ?

– On verra, lâche-t-il finalement.

– Merci.

Mission accomplie. Je jette un coup d'œil à la pendule derrière moi. Dix-sept heures. Bientôt deux heures que je suis ici, le temps a passé vite. Dehors, l'ombre du figuier recouvre à présent l'ensemble du jardin, excepté un banc de pierre sur lequel deux boules de poils profitent des derniers rayons de soleil.

Je chasse Truckette de mes genoux qui réplique par un miaulement de dépit, et me lève pour prendre congé de mon hôte. En arrivant à la porte d'entrée, je me tourne vers lui.

– Merci pour le jus d'orange… et pour tout le reste !

– De rien. Si tu veux revenir, tu es la bienvenue. Mais pas trop souvent, ajoute-t-il d'une voix sourde en refermant le battant.

Impossible de savoir s'il plaisante ou pas. Quel curieux personnage !

Le soir se penche sur La Ville. Mel doit tourner en rond dans la maison à la porte violette que j'aperçois en haut de la rue. Je plisse les yeux, essayant de distinguer sa silhouette derrière la fenêtre de sa chambre, mais je ne vois rien et tourne les talons pour rentrer. Demain, la punition sera probablement levée. Demain, je le reverrai et je me blottirai contre lui au soleil sans penser à rien.

7

De retour à l'établissement, je traverse le hall, franchis la barrière en velours rouge en prenant soin de la replacer derrière moi et commence à gravir l'escalier, lorsque je sens une présence dans mon dos. Je me retourne.

Le conseiller Moklart, l'homme qui m'a saluée hier en sortant de sa voiture, vient d'enjamber la barrière et me sourit tranquillement. Par-dessus son épaule, je croise le regard inquiet de Lucie, qui n'ose rien dire. Le conseiller est un client trop important pour qu'elle prenne le risque de le fâcher. Je la vois partir en courant en direction du bureau de Nanou. Un rapide coup d'œil vers l'entrée m'indique que les deux vigiles ne sont pas à leur poste. Ils sont probablement en train de faire leur ronde.

Je décide d'ignorer l'intrus et monte l'escalier jusqu'au premier étage, espérant qu'il rejoigne la partie réservée à la clientèle de l'établissement. Mais il n'en est rien. Au contraire, il me suit.

Arrivée sur le palier du premier étage, je me retourne et, tentant de dissimuler ma contrariété derrière une bonne dose de politesse, je lui demande :

– Conseiller Moklart, pourquoi êtes-vous là ? Les clients ne sont pas autorisés à monter dans les étages.

– Voyons, June, me répond-il d'une voix trop douce, si je veux aller quelque part, j'y vais, tu sais bien qui je suis. Tu es partie tellement vite hier, ajoute-t-il avec une pointe de tristesse qui disparaît aussitôt, remplacée par un sourire.

Son ton sonne faux.

– Vous n'avez pas le droit d'être là, je lui répète d'un ton mal assuré en entamant l'ascension vers le deuxième étage.

La peur m'envahit. La haute silhouette du conseiller est juste derrière moi, je sens sa chaleur dans mon dos. Soudain, je sursaute : il vient de saisir mon bras et m'oblige à lui faire face, me plaquant contre le mur de la cage d'escalier. Il se penche, approche son visage du mien.

– Dans cette ville, murmure-t-il en me regardant droit dans les yeux, j'ai tous les droits.

Son haleine chaude caresse mon visage. Son nez est si près du mien qu'il me faudrait loucher pour le regarder. Coincée contre le mur, tétanisée par la peur, je ne peux pas m'empêcher de le trouver beau. Des yeux verts, les pommettes hautes, le menton bien dessiné et rasé de près, le conseiller Moklart est définitivement un bel homme. Et à cet instant précis, rien au monde ne me donne plus envie de vomir que ce visage parfait. J'ai la bouche sèche et je ne parviens plus à réprimer le tremblement de mes mains. Le conseiller m'examine comme un chasseur observe sa proie. Il bascule imperceptiblement son corps jusqu'à ce que son ventre touche le mien.

– Tu as de beaux cheveux, June, vraiment de très beaux cheveux.

Il avance sa main vers ma tête. Pétrifiée, j'ai envie de hurler « Ne me touche pas ! » mais aucun mot ne franchit mes lèvres. Un frisson de dégoût me parcourt le dos lorsque les doigts du conseiller se glissent dans mes cheveux. Je ferme les yeux pour ne plus le voir, comme si cela pouvait le faire disparaître. Le hurlement dans ma tête devient de plus en plus fort et chaque muscle de mon corps se met à trembler violemment.

Soudain, sans le moindre signe avant-coureur, toute peur disparaît. Un grand calme descend en moi et je perds connaissance.

La voix de Nanou me ramène à la réalité. Elle me parle, mais je ne saisis pas ce qu'elle me dit. Je papillonne des yeux. Je suis toujours debout contre le mur, le conseiller figé à quelques millimètres de moi.

C'est alors que je me rends compte que la fenêtre du palier du premier étage est ouverte, laissant entrer l'air frais du crépuscule, et que de nombreuses feuilles d'arbre et brindilles volent dans la cage d'escalier. Je détaille le visage ahuri du conseiller. Ses cheveux bruns habituellement coiffés de manière impeccable sont ébouriffés comme s'il venait de voir son pire cauchemar se matérialiser devant lui.

– June, me répète Nanou d'un ton sans appel, monte dans ta chambre. Conseiller, veuillez me suivre, ajoute-t-elle en direction de Moklart.

Son regard impitoyable de femme habituée à donner des ordres et à être obéie se fixe sur lui. Il le soutient un moment, puis finit par céder et descend quelques marches. Libérée, je me précipite vers le couloir qui mène à ma chambre et me laisse glisser au sol, le dos contre le mur. Des sanglots que je ne cherche pas à contenir secouent mes épaules, et mes mains tremblent tellement que je finis par les glisser entre mes genoux pour les immobiliser.

Je reste accroupie un long moment sur le plancher du couloir désert tandis que la tension accumulée s'écoule. Puis quand le ruisseau salé de mes larmes commence à se tarir, je me lève, essuie brièvement mon visage du revers de ma manche et me dirige vers ma chambre.

En passant devant la porte ouverte de la salle de bains, je capte mon reflet dans le miroir. Mon visage est pâle et brouillé par les larmes, mes yeux rougis, mes cheveux en bataille.

Mes cheveux.

Je me rappelle la main du conseiller comme un peigne gluant dans mes longues mèches blondes. *Tu as de beaux cheveux, June.*

Nausée.

J'entre dans la salle de bains, décroche le miroir et l'emporte jusqu'à ma chambre pour le poser sur le bureau. J'attrape ma trousse de classe, en extrais une paire de ciseaux, m'assieds. Le miroir me renvoie une image qui n'est déjà plus la mienne.

Fini de faire semblant d'être une jolie petite fille bien élevée qui ne doit froisser personne, surtout les clients qui ont des vues sur moi. Fini de se cacher derrière ce rideau de boucles blondes. *Tu as de beaux cheveux, June.* Cette phrase tournoie dans ma tête. Une colère sourde m'envahit.

Crissement des lames qui se referment, puis s'ouvrent, se referment, et s'ouvrent encore. Mèche après mèche, mes cheveux tombent sur le sol. Et c'est seulement lorsque la dernière mèche se détache de mon crâne que ma colère s'évanouit.

Je n'ai pas à m'habituer à ce que je contemple dans le miroir. Il me reste à peine un centimètre de cheveux sur la tête, mais ce reflet est le mien, comme s'il l'avait toujours été. Je suis June.

Mon frère apparaît à la porte de ma chambre. Il ne me pose pas de question. Doucement, il entre et prend les ciseaux que j'ai reposés sur le bureau.

– Tu permets que j'égalise un peu derrière ? me demande-t-il.

J'acquiesce sans un mot. Avec délicatesse, Locki s'active. Je ne pense à rien, une pause bienvenue dans le flux épuisant de mes pensées.

Enfin, Locki s'arrête, contemple son œuvre avec satisfaction. Il pose sa main sur mon épaule et nous échangeons un long regard à travers le miroir. Il y a une telle confiance dans ses yeux, un tel calme… Je sens de nouveau monter les larmes. Locki, petit frère, heureusement que tu es là. Puis il sort de la chambre, revient avec une pelle et une balayette et ramasse les vestiges de ma chevelure. Je le regarde faire avec la sensation étrange que ces mèches qui ont été pendant des années une partie de moi sont à présent mortes. J'ai presque pitié d'elles.

Puis Locki ouvre la fenêtre de ma chambre et s'assied sur le rebord, le dos appuyé contre le chambranle. Il semble plongé dans ses pensées, comme s'il ne voulait pas m'imposer sa présence. Je me recroqueville sur mon lit, les jambes repliées contre mon ventre. L'air du dehors m'apaise. Je respire.

Quelques minutes plus tard, Nanou pousse la porte entrouverte de ma chambre et, sans un mot à propos de ma nouvelle coupe, elle fait signe à Locki de sortir avant de s'asseoir près de moi.

Ma tante a l'air fatiguée, je ne l'ai jamais vue ainsi. Son regard habituellement perçant a perdu de son éclat. Elle me prend la main.

– June, ma grande… quand je vous ai recueillis, toi et Locki, je savais que ce genre de choses pourrait arriver. J'ai hésité, ce n'était pas le meilleur endroit pour élever des enfants, mais vous n'aviez plus que moi. Je ne voulais confier à personne d'autre le soin de veiller sur les enfants de ma sœur. Parfois, je me dis que j'ai eu tort.

Peu à peu, ma tante se redresse. Je redoute ce qui va suivre.

– Tu deviens une femme, June, nous en avons déjà parlé. Tu sais comme moi que tu ne pourras pas rester éternellement ici. Si je ne prends pas de décision, ce qui vient d'arriver risque de se reproduire. Autant ne pas attendre que la situation devienne intenable. Tu dois partir.

Partir. Que veut-elle dire ? Quitter l'établissement ? Cela ne changera rien, Moklart a la mainmise sur toute La Ville. M'éloigner de cette ville alors ? Mais il n'y a rien pour moi au-delà de ces remparts. C'est le seul endroit au monde que je puisse considérer comme « chez moi ». Des larmes perlent au bout de mes cils. Je tente de les retenir.

– Partir ? Mais pour aller où ?

– J'y réfléchis depuis longtemps, je crois qu'un pensionnat serait la meilleure solution. Je connais des gens qui…

– Un pensionnat ?

Je grimace. J'imagine un dortoir glauque aux larges murs de pierre froide où s'alignent des dizaines de lits aux sommiers grinçants.

Nanou soupire.

– Nous n'avons pas le choix, June. Je suis désolée que tu aies eu à vivre cela, ajoute-t-elle plus doucement, j'aurais évidemment préféré que ça ne se produise jamais. Mais c'est arrivé. Le plus important maintenant, c'est de te protéger. Sans compter que le conseiller pourrait faire fermer l'établissement en moins d'une heure si je ne cède pas à ses désirs. Et son principal désir, actuellement, c'est toi.

Une boule se forme dans ma gorge. J'avale difficilement ma salive. D'une voix amère, je demande :

– Mais pourquoi ? Je n'ai rien fait pour l'encourager à…

– Non, tu n'as rien fait, tu es… Écoute, tu sais ce qui se passe ici et tu n'es plus une enfant, j'ai même cru comprendre que tu avais un copain. Tu sais ce qu'est le désir, et tu sais aussi ce qu'est le pouvoir. Tu n'as rien fait de particulier, mais tu es toi-même, rayonnante, jolie comme un cœur, et ces derniers mois ton corps s'est beaucoup transformé… Les hommes… ne sont pas tous comme ça, seulement parce qu'ils ont un statut social élevé, certains pensent que tout leur est dû, que tout leur appartient, y compris les êtres humains.

Nanou me regarde dans les yeux.

– Prépare tes affaires, nous partons demain.

J'attrape vivement le bras de ma tante.

– Demain ? Nanou, ce n'est pas juste ! Il reste deux semaines de vacances, s'il te plaît, laisse-moi rester encore deux semaines, juste deux petites semaines, Nanou...

Ma tante se fige, me fixe un instant, puis son regard s'adoucit.

– Une semaine. Pas un jour de plus.

Elle se lève, se dirige vers la porte, se retourne vers moi. Elle me dévisage, les yeux brillants. Soudain, elle revient sur ses pas pour me serrer dans ses bras. Je me laisse faire, surprise – la dernière fois qu'elle a agi de la sorte, je devais avoir dix ans.

Tandis que Nanou s'esquive, je surprends mon regard orageux dans le miroir posé sur le bureau. Quitter La Ville... Cette idée me donne envie de tout casser. Je reste immobile, le visage fermé, les yeux fixés sur mon reflet, essayant de réprimer ma colère.

Puis je me précipite en direction d'un petit trou dissimulé dans la cloison qui sépare ma chambre de celle de Locki. Nous l'avons creusé enfants, juste à la tête de son lit, pour que je puisse lui parler quand ses cauchemars le réveillaient.

– Locki ? Locki, tu as entendu ?

Sa voix me parvient, légèrement assourdie.

– Oui, j'ai entendu.

Et nous restons là, silencieux, assis chacun de notre côté du mur, tandis que la nuit tombe doucement sur La Ville. Cette ville dont plus personne ne se rappelle le nom qu'elle portait lorsqu'il semblait encore important de nommer les lieux.

Une volée d'oiseaux envahit le ciel. Je les regarde créer d'étranges figures mouvantes et j'ai la sensation qu'ils me délivrent un message que je ne parviens pas à lire.

Soudain, ils disparaissent. C'est à ce moment que je me rends compte que j'ai complètement oublié de demander à Nanou ce qui s'est passé dans l'escalier quand je me suis évanouie.

8

Des éclats de voix me réveillent. J'ouvre les paupières. Il fait encore nuit et les aiguilles phosphorescentes de mon réveil indiquent quatre heures. Je me tourne vers le mur pour essayer de me rendormir, mais les voix résonnent de plus en plus fort dans la cage d'escalier.

Assise sur mon lit, les yeux grands ouverts dans la pénombre de ma chambre, j'écoute.

Par la fenêtre, ne me parvient que le bourdonnement serein de La Ville, accompagné par une odeur sucrée de fleur de lys. Les voix semblent provenir du rez-de-chaussée. Sûrement un client un peu saoul qui s'énerve, ce genre d'incident arrive de temps en temps, pas de quoi s'inquiéter.

Pourtant, l'angoisse tapie dans mon ventre depuis hier se ranime. Je me lève pour aller voir ce qui se passe. La fraîcheur de la nuit me saisit tandis que je quitte le confort douillet de ma couette.

J'enfile un jean et un sweat par-dessus le tee-shirt qui me sert de pyjama avant de quitter ma chambre et de traverser à tâtons le couloir familier qui mène à l'escalier.

Parvenue en haut des marches, je m'immobilise. Une voix, que je connais bien pour l'avoir entendue de trop près, me glace d'effroi. Moklart. Le conseiller Moklart est dans le hall. Vu le débit trop lent de sa voix et son articulation très approximative, il doit être passablement éméché.

J'essuie d'un geste rapide mes mains moites sur mon jean et entame la descente jusqu'au premier étage. Mes pieds nus se posent avec précaution sur le bois dont les grincements risqueraient de trahir ma présence. Les cris fous de Moklart rebondissent dans la cage d'escalier. Passé le palier du premier étage, je descends encore une volée de marches et m'accroupis dans l'ombre pour observer la scène à travers les barreaux de la rampe.

L'éclairage tamisé du hall est éteint, chose inhabituelle, puisque l'établissement est ouvert toute la nuit et qu'un certain nombre de clients doivent être encore présents. Mes yeux habitués à l'obscurité ne tardent pas à découvrir Moklart. J'étouffe un cri. Il tient Nanou par le bras, sa longue silhouette penchée au-dessus d'elle.

Soudain, il cesse de vociférer et lui glisse à l'oreille quelques mots que je n'entends pas, puis il éclate de rire.

Ma tante a beau le fusiller du regard et se tenir aussi droite qu'elle en a l'habitude, elle a peur, cela crève les yeux. Je jette un rapide coup d'œil vers la porte d'entrée où quatre hommes en uniformes noir et or retiennent les vigiles de l'établissement. Le rire du conseiller n'en finit plus de résonner dans le silence de la nuit. Mes doigts agrippent les montants de la rampe. J'essaye de calmer ma respiration.

La voix du conseiller retentit, déformée par l'ivresse :

– Je l'aurai, vieille femme, que tu le veuilles ou non ! Comment crois-tu pouvoir m'arrêter ?

Je comprends que c'est moi qu'il veut « avoir », et l'angoisse blottie dans mon ventre se met à danser de plus belle.

Moklart attire Nanou vers lui. Je veux entendre ce qu'il dit, il faut absolument que j'entende. Mes mains serrent un peu plus fort les barreaux. Le conseiller tourne la tête pour parler à l'oreille de ma tante, dévoilant son profil. Je me concentre sur l'étroite parcelle de vide qui sépare ses lèvres de l'oreille de Nanou.

Je dois entendre.

Mes yeux me piquent mais je ne cille pas. J'ai l'impression que mes oreilles sortent de moi-même pour s'approcher peu à peu des lèvres du conseiller. Soudain, sa voix devient aussi audible que si je me trouvais à la place de Nanou :

– Où est-elle ? Dans sa chambre ? Conduis-moi à June, susurre-t-il. Tout de suite !

Je n'ai pas le temps de m'étonner du phénomène car, au moment précis où ces mots me parviennent, les yeux de ma tante croisent les miens par-dessus l'épaule de Moklart. Un éclat de surprise passe sur son visage. Elle se reprend aussitôt, m'indique le toit d'un mouvement discret du menton, puis m'adresse un regard d'adieu bouleversant mais impératif.

J'ai l'impression qu'un étau comprime ma poitrine. Je lance un dernier coup d'œil à ma tante qui, très droite et le menton levé, toise le conseiller. Puis elle commence à parlementer avec lui, feignant de me négocier comme elle le ferait pour n'importe quelle fille. Consciente qu'elle essaie de le retenir pour me laisser le temps de m'échapper, je me relève et, les poings serrés, je remonte l'escalier en silence. Une urgence calme m'envahit. Ce n'est pas le temps des larmes. Plus tard peut-être. Oui, plus tard.

De retour dans ma chambre, j'attrape quelques vêtements que je fourre dans mon sac. La bouteille d'eau qui traîne à côté de mon lit les y rejoint, ainsi que la boîte à trésors qui me suit partout depuis que je suis petite. Je ne sais même plus ce qui s'y trouve. J'y glisse régulièrement diverses traces de mon existence, mais il y a longtemps que je ne l'ai pas ouverte. Je sors mon manteau d'hiver du placard et l'enfile. Si je dois finir la nuit dehors, autant me couvrir.

La fenêtre ouverte m'appelle, et la brise chaude qui danse sous les étoiles me chatouille le crâne. Mon sac sur le dos, je m'approche de la nuit pour disparaître.

– Qu'est-ce que tu fais ?

Je sursaute.

Planté dans l'entrebâillement de la porte, Locki me regarde, son visage imperturbable de statue luisant dans le noir.

– Je pars.
– Comment ça, tu pars ?

Je m'approche de lui.

– Locki, je ne peux pas rester ici.
– Je viens avec toi, me répond-il tranquillement.
– Non. Tu as une vie ici.

Soudain, ses muscles se tendent et je sens tout son corps prêt à bondir.

– Je viens avec toi, répète-t-il d'une voix sourde de colère en appuyant sur chaque mot, il n'est pas question que je reste ici sans toi, il n'est pas question que je te laisse partir seule. Toujours ensemble, on a juré.

Il darde sur moi un regard intense, les muscles contractés de ses mâchoires saillant sous sa peau. J'acquiesce, réprimant les larmes que je sens monter à nouveau. D'un coup, malgré la peur, je me sens mieux. Locki est avec moi. Toujours ensemble, on l'a juré. Mon petit frère a beau me dépasser à présent d'une bonne tête, il y a des choses qui ne changeront jamais.

Pour un peu, je sourirais.

– Prends quelques affaires, je lui souffle, dépêche-toi.

Une poignée de secondes plus tard, Locki me rejoint, emmitouflé lui aussi dans un épais manteau, un sac noir passé en bandoulière en travers de son torse. D'un bond, il plonge dans l'embrasure de la fenêtre et atterrit sans bruit sur le toit.

Je balaie une dernière fois ma chambre du regard, lorsque des bruits de pas précipités et des éclats de voix retentissent au bout du couloir. Ils arrivent.

Mon pouls pulse plus fort dans mes tempes. À mon tour, je m'élance sur le toit et, sans nous concerter, nous nous mettons à courir aussi vite que nous le permet l'inclinaison des tuiles. Je glisse à la suite de Locki le long de la gouttière jusqu'au toit du hall, nous sautons sur celui de la remise et dégringolons dans la cour arrière de l'établissement.

Nous franchissons la porte de service et nous nous retrouvons dehors, dans la ruelle qui longe les remparts.

– Les gardes ! je souffle. Ils ne nous laisseront pas passer…

– On n'a pas vraiment le temps de leur demander la permission.

Je fronce les sourcils, angoissée, sans ralentir ma course effrénée. Mes doigts effleurent les vieilles pierres des fortifications. Ce contact familier me rassure un peu.

Nous atteignons bientôt la porte ouest de La Ville. Locki me fait signe de m'arrêter. Plaqués contre le mur, nous jetons un coup d'œil aux gardes. Le premier somnole, assis sur une chaise à côté de la cahute qui leur sert d'abri. Alors que sa tête bascule en avant, l'homme se réveille à demi, marmonne dans sa moustache et replonge aussitôt dans les brumes du sommeil. Je ne vois pas le deuxième garde.

– Il est dans la guérite, m'informe Locki à l'oreille. Baisse-toi.

Nous nous glissons sous la fenêtre de la cahute. J'ai l'impression que mon cœur bat si fort qu'il va trahir notre présence et réveiller le garde endormi, pourtant nous passons devant lui sans qu'il s'en aperçoive, et nous atteignons rapidement l'autre côté du mur.

C'est alors que la voix furieuse du conseiller éventre la paix nocturne des rues.

– Retrouvez-la !

Mais déjà nous courons à travers la campagne endormie. Partir. Juste cette idée pour conjurer la peur. Partir, partir loin, là où personne ne nous retrouvera.

9

— *Nous y voilà, petite fille. Plus tôt que je ne le pensais.*

Le Veilleur de Lumière ôta précautionneusement sa couronne de vision. Assis de l'autre côté du bureau, au milieu du cabinet circulaire encombré de livres, son apprenti l'imita avant de lui adresser un regard interrogatif auquel le Veilleur ne répondit pas.

Le vieil homme sentit une pointe d'angoisse se réveiller dans son ventre. Il avait passé tellement de temps à observer June ces dix dernières années qu'il s'était attaché à elle. Trop, auraient dit certains de ses pairs. Peut-être un peu trop, oui. Mais après tout, il n'était qu'un être humain.

Il se corrigea instantanément : non, il n'était pas un être humain, il était l'un des neuf Veilleurs, beaucoup de choses dépendaient de lui.

Pourtant, malgré l'immense savoir qu'il détenait, il avançait à tâtons. Et voici que le jour du départ était arrivé. Il avait fait tout ce qu'il pouvait, il en ferait certainement encore davantage, mais serait-ce suffisant ?

Il soupira, observant les lignes sombres des avenirs potentiels qui se matérialisaient dans son esprit.

La voix de son apprenti le tira de ses pensées :

– Et maintenant ?

Le Veilleur se tourna vers le jeune homme – si jeune, à peine dix-huit ans !

– Maintenant ? répondit-il avec un sourire. Je suis curieux de voir où elle va se rendre.

– N'allons-nous pas la guider ? s'inquiéta timidement l'apprenti en faisant jouer entre ses doigts la fine couronne de vision.

– Replace cela sur ta tête, ordonna le Veilleur, et voyons d'abord si June trouve seule le passage. Après tout, ajouta-t-il avec un mouvement de tête amusé qui chassa pour un court moment l'appréhension tapie dans son ventre, elle n'en est pas si loin...

LE PORT
DE LA LUNE

10

Nous avons rejoint la rivière qui traverse La Ville et file vers le nord-ouest en direction de la forêt. Atteignant l'abri des premiers arbres, nous ralentissons. Nous nous enfonçons dans le sous-bois, jusqu'à trouver une niche creusée par l'érosion dans un gros rocher – niche sous laquelle, appuyés l'un contre l'autre, nous nous assoupissons.

Des aboiements nous réveillent quelques heures plus tard et, dans la lumière grise de l'aube filtrée par les branchages, nous nous remettons en route en longeant le cours ondulant de la rivière.

Les bêtes qui aboient derrière nous font-elles partie d'une meute de chiens sauvages ou bien sont-elles menées par les hommes du conseiller ?

Nous accélérons le pas en silence.

Je pense à ceux que je laisse derrière moi. Je n'ai même pas dit au revoir à Mel. Il va me chercher. Il ne comprendra pas. Son visage flotte devant moi, flou comme un reflet à la surface troublée d'une mare.

J'aimerais glisser mes mains dans ses mèches brunes et me rassasier de son odeur rassurante.

Je n'ai pas non plus fait mes adieux aux filles – Nanou leur expliquera. Et je ne retournerai pas à l'école dans deux semaines. Une bifurcation imprévue est venue bouleverser le semblant de calme qui régnait dans ma vie.

Mais je reviendrai vite en ville. C'est l'affaire de quelques semaines, tout au plus.

Les aboiements incessants des chiens se rapprochent. Sans échanger un mot ni un regard, nous nous mettons à courir.

Mais où aller ? Il faudrait gagner un hameau isolé – pas l'un des sept villages qui jouxtent La Ville, où l'on pourrait nous reconnaître –, peut-être une grande agglomération dans laquelle, anonymes, nous serions à l'abri des questions.

Mais où se trouvent les autres villes ? Et dans quelle direction ?

Le soleil est maintenant haut au-dessus des feuilles et la faim commence à se faire sentir. Dans la précipitation, je n'ai pas pensé à emporter de nourriture. Juste une bouteille d'eau que nous nous passons régulièrement.

Soudain, je m'arrête. Un son étrange me parvient, comme une longue note tenue. Ce n'est pas la première fois. Depuis que nous nous sommes remis en route ce matin, je l'ai entendu plusieurs fois. Pourtant jamais aussi clairement.

– Fatiguée ? s'inquiète Locki en se retournant vers moi.

– Un peu, oui. Mais ce n'est pas ça... Tu entends ?

– Entendre quoi ?

– Chut ! Écoute...

Je ferme les paupières. Plus rien. Juste le ruissellement de la rivière et les aboiements des chiens derrière nous.

D'un coup, le son retentit à nouveau, aigu, lancinant, comme lorsque l'on frotte un verre avec un doigt humide. Il provient de la rive opposée. J'enlève mes chaussures et mes chaussettes, fourre mon manteau dans mon sac et, mon jean retroussé au-dessus des genoux, j'entre dans l'eau.

– Où vas-tu ? me demande Locki.

– Je ne sais pas. Ce son. Tu l'entends ?

– Je n'entends rien, June. Rien du tout. Il faut rester de ce côté, nous finirons par arriver dans une autre ville...

Sans l'écouter, je continue ma traversée, portant à bout de bras mes affaires au-dessus de ma tête. J'ai mal évalué la profondeur et bientôt, je me retrouve avec de l'eau jusqu'à la taille. Tant pis, mon jean séchera. Locki me rejoint et nous atteignons la rive opposée. Je jette mes affaires sur la berge et j'attrape le tronc d'un saule pleureur pour me hisser hors de l'eau.

Le son résonne toujours entre les arbres, déchirant, comme un appel. Je me remets en route.

Pieds nus, j'avance à travers les fougères et les troncs d'arbre pleins de mousse. L'odeur apaisante de la terre détrempée remplit mes narines.

Et toujours cette mélodie minimaliste qui se répète inlassablement, un murmure qui bruisse au milieu du doux vacarme des feuilles et qui me guide.

Plus j'avance, plus l'humidité augmente. Des gouttes de sueur emperlent bientôt mon visage, mes pieds nus glissent sur les pierres moussues et s'accrochent dans le dense réseau de racines. La terre se transforme sous nos pieds en une boue gluante. Dans mon dos, j'entends le pas familier de Locki, accompagné du frou-frou des feuilles lorsqu'il écarte les branches. Je ne me retourne pas de peur de perdre le fil de ce son étrangement familier.

Nous progressons à travers la moiteur de la forêt pendant un temps qui me semble infini. La mélodie s'amplifie, elle danse dans chaque recoin de mon esprit.

Bientôt, nous arrivons au pied d'une immense tour de granit dont on devine à peine le sommet. C'est de là que provient la mélodie, j'en suis certaine et il y a forcément une raison pour qu'elle m'ait attirée jusqu'à sa source.

– Locki, tu n'entends toujours rien ?
– Non, me répond-il en haussant les épaules.
– Il y a peut-être une entrée quelque part. Faisons le tour.

Nous partons chacun d'un côté en longeant la paroi. J'examine chaque trouée au pied du mur. Dans certaines, je peux entrer mon bras tout entier, mais ma main finit toujours par buter contre le fond – jusqu'à ce que je découvre un trou au ras du sol, large comme mes épaules, à demi caché par les fougères.

Je me penche pour regarder à l'intérieur. D'abord je ne vois rien, puis mes yeux s'habituent à l'obscurité et je distingue une faible lueur. Resserrant les lanières de mon sac, je me couche sur le sol et me faufile en rampant dans l'étroite ouverture.

Elle va en s'élargissant. Loin devant, la trouée de lumière me guide. La mélodie ne diminue pas d'intensité, mais elle devient plus sereine.

Après la moiteur étouffante de la forêt, je savoure la fraîcheur de l'air. Soudain, je débouche dans une vaste grotte ombragée. Le spectacle que je découvre lorsque je relève la tête me laisse bouche bée.

11

Un arbre trône en son centre. Un arbre à la ramure gigantesque, je n'en ai jamais vu de pareil ! Ses branchages remplissent toute la grotte et d'énormes racines courent sur la terre avant de s'enfoncer au plus profond du sol. Un flot de lumière vive pénètre par le sommet de la tour, illuminant les feuilles dans un dégradé de vert, de roux et d'or aussi incroyable que les vitraux de certaines églises.

– June ?

La voix de mon frère me parvient, étouffée. Je m'approche du passage sans quitter l'arbre des yeux.

– Je suis là, je suis entrée ! Il y a un tunnel derrière les fougères, viens !

Quelques instants plus tard, Locki me rejoint. Impassible, il observe l'arbre.

– Les chiens, me dit-il. Je les ai entendus avant de me glisser dans le trou. Ils ont retrouvé notre trace. Si on a réussi à entrer ici, ils pourraient bien y parvenir aussi…

Un frisson court le long de mon dos. Locki sur mes talons, je franchis la trentaine de mètres qui me séparent du tronc. Son diamètre est à l'échelle de l'arbre : impressionnant.

Les chiens sont arrivés près de la tour, j'entends les grattements de leurs pattes sur la roche et des voix d'hommes qui s'approchent. Nous n'avons pas le choix, nous devons monter, nous cacher dans la ramure de cet arbre-roi.

Je parcours l'écorce rugueuse de la pulpe de mes doigts. Cet arbre est merveilleusement vivant, je sens la sève qui court dans ses vaisseaux. C'est de lui qu'émane la mélodie qui m'a attirée jusqu'ici et continue de dérouler son fil dans mon esprit. Mais ce n'est pas juste une mélodie, je l'entends clairement à présent, ce sont des dizaines de voix qui se superposent en harmonie. Cet arbre est vivant. Malgré l'urgence, y grimper sans sa permission serait comme entrer sans frapper dans une maison inconnue.

Je pose mes deux mains à plat sur l'écorce pour lui demander asile. Un bruissement de feuilles me répond, que je prends comme une invitation, et nous escaladons le tronc immense, nous servant du lierre et des nœuds du bois.

Dès les premières branches, des oiseaux et des insectes nous regardent passer d'un œil curieux. Puis le tronc se divise et nous choisissons les branches les plus épaisses afin d'aller le plus haut possible, jusqu'à la cime de l'arbre, où nous serons invisibles.

– Les feuilles, murmure Locki, tu as remarqué ?

Oui, j'ai remarqué. Il n'y en a pas deux qui se ressemblent, comme si toutes les variétés d'arbres étaient réunies en un seul. Je reconnais des feuilles d'orme, de chêne, de bouleau, là une grande feuille de marronnier et, juste à côté, une fine pousse de frêne. Toutes les saisons semblent aussi s'y côtoyer : du vert tendre des bourgeons à peine éclos jusqu'au rouge flamboyant de l'érable en automne... Au contact de cet être de bois étrange, je ne peux m'empêcher de sourire.

Il nous faut monter, monter encore, une branche, puis une autre, et la suivante. L'écorce est agréablement soyeuse sous la plante de mes pieds. J'aperçois le ciel à travers l'enchevêtrement des ramures, de plus en plus clairsemées. Bientôt, nous atteignons la cime. Un large rameau plat forme une passerelle qui monte en pente douce jusqu'au sommet de la tour.

Nous progressons l'un derrière l'autre debout sur la branche, sans que nous ayons besoin d'un appui. Lorsque ma tête émerge au-dessus de la tour, j'ai un hoquet de surprise et manque de trébucher.

– Qu'est-ce qu'il y a ? s'inquiète Locki.

– Tu ne vas pas me croire.

– Effectivement, admet-il en me rejoignant, je ne sais pas si je t'aurais crue.

Flottant au-dessus de la tour, se dresse une gigantesque structure vaporeuse qui s'élève telle une tornade dans le ciel limpide en formant des spires de plus en plus larges.

Je m'approche de sa base et me baisse pour y poser la main. La sensation sur ma peau est fraîche, élastique. J'appuie, d'abord doucement puis, voyant que ma main ne traverse pas la marche, je presse de tout mon poids sur l'étrange matière. Le nuage – comment le décrire autrement ? – tient bon. Il semble même gagner en solidité à mesure que je lui impose plus de force.

– Tu n'espères pas que je monte là-dessus ? me demande Locki.

Je ne réponds pas et pose mon pied sur la première marche avec l'intuition étrange que cet escalier me fera irrémédiablement basculer dans une réalité inconnue.

À cet instant, les voix de nos poursuivants nous parviennent. Ils ont encerclé la tour de pierre.

Je lève à nouveau la tête. Mes yeux parcourent avec anxiété les longues spires blanches. Je ne sais par quel prodige cet escalier existe, pourtant, malgré la crainte qu'il m'inspire, il est notre seule issue.

Et puis un escalier, ce n'est jamais là par hasard, non ?

– Allons-y ! je lance.

Sans plus hésiter, je m'engage sur la spirale. Je m'attends à tout moment à passer au travers, mais non, le nuage me soutient et caresse mes pieds nus meurtris par notre course dans la forêt.

Soudain, je m'aperçois que Locki n'a pas bougé. Il a un regard fixe et un air halluciné que je ne lui ai vu qu'une seule fois.

– Locki, qu'est-ce que tu attends ?

– Je ne peux pas marcher là-dessus, dit-il en secouant lentement la tête. C'est un nuage.

– Locki, regarde-moi. J'existe, je suis réelle, je suis ta sœur, et je suis en train de monter cet escalier. Regarde-moi !

– On ne peut pas marcher sur un nuage, continue-t-il comme s'il ne m'entendait pas.

La meute des chiens aboie de plus belle. Je redescends, cherche les yeux de mon frère, presque suppliante.

– Si je peux le faire, tu le peux aussi. Il suffit d'y croire.

Mais Locki ne bouge pas, à peine s'il me voit. Ses yeux se perdent au loin. Locki a de nouveau cinq ans et il contemple les flammes qui dévorent notre maison. La même incrédulité face à l'inconcevable, la même fixité dans le corps, et ce balancement de la tête qui n'en finit plus…

Je me campe face à lui. Ses yeux me trouvent enfin. J'adopte l'intonation que je prenais pour le calmer lorsque nous étions petits et qu'un cauchemar l'éveillait au beau milieu de la nuit.

– Locki, faisons un jeu, d'accord ?

Immobile, il ne me répond pas.

– Ferme les yeux. Ferme-les très fort. Imagine que tu es devant un grand escalier de pierre, un escalier large, solide, comme celui qui monte en haut des remparts de La Ville. Tu le vois ?

– Je… Oui.

– Imagine qu'il fait nuit, une nuit brumeuse et sans lune, et que tu dois monter tout en haut sans distinguer les marches.

Les paupières fermées, Locki hoche la tête.

– Maintenant, imagine qu'un ami qui voit parfaitement dans le noir a posé sa main sur ton épaule pour te guider.

Je me place derrière lui et place ma main sur son épaule droite.

– Tu sens sa main ?
– Oui, souffle-t-il à mi-voix.
– Fais-lui confiance. Il faut que tu montes maintenant.

J'appuie légèrement sur son épaule et Locki avance, craintif.

– La première marche est juste devant toi.

Il lève sa jambe. Son pied s'enfonce un peu dans la masse cotonneuse, puis s'immobilise.

– Un grand escalier de pierre, murmure-t-il pour lui-même avant de basculer son poids en avant et d'entamer l'ascension.

12

Au-dessus de nous, les dernières spires de l'escalier se perdent dans une mer de nuages. Lorsque nous marchions dans la forêt, le ciel d'août était pourtant vide, uniformément peint de ce bleu électrique qui n'existe qu'en été.

Je baisse les yeux vers l'immense entonnoir blanc que nous venons de gravir. Il se rétrécit jusqu'à l'arbre dont le chant vibre encore en moi. Au sud-est, la rivière danse entre les arbres, puis court sur la lande jusqu'aux abords de La Ville que je devine à travers sa brume de chaleur orangée.

Nous sommes haut, plus haut que je ne suis jamais allée, même si je suis incapable d'évaluer la distance qui nous sépare de la canopée. Épuisée par l'ascension, j'ai du mal à respirer. Nous faisons une pause, assis sur les marches. S'il s'est peu à peu calmé, Locki garde les paupières closes.

Nous n'entendons plus les chiens, mais je sais qu'ils sont encore en bas. Ou plutôt, je le crains. Comme pour me rassurer, mes doigts plongent dans le nuage. J'en détache un petit morceau qui ressemble à du coton. Cependant, sa texture sous mes doigts est presque solide et fraîche comme de la pluie. Je le lâche et il commence à flotter et à s'éloigner de l'escalier. Y reconnaissant la forme d'un chien, je le rattrape brusquement, l'examine sous tous les angles. Pas de doute possible. Ce morceau de nuage ressemble à s'y méprendre aux dogues qui nous poursuivent – du moins tels que je les imagine. Étonnée d'avoir sculpté le nuage sans y penser, je le relâche à nouveau.

En le voyant partir, j'ai soudain l'idée de dissoudre quelques marches pour couper l'escalier en deux. Ainsi, dans l'hypothèse où nos poursuivants trouveraient l'arbre et y grimperaient, personne ne pourrait nous rejoindre.

Évidemment, nous ne serions pas non plus en mesure de redescendre, et cette idée n'est pas rassurante. Qui sait ce que nous allons trouver là-haut ? Y a-t-il seulement quelque chose ? Mais la perspective de revoir le conseiller Moklart me donne des frissons de dégoût.

Je m'accroupis. À peine ai-je entamé la première marche qu'une voix de femme surgit au-dessus de nous et me fait sursauter :

– Non, pas ça !

La voix semble à la fois effrayée et agacée. Je lève la tête, mais ne vois personne. Locki ouvre les yeux.

– Ne regarde pas en bas, je lui souffle.

Précaution inutile puisque, comme le mien, c'est vers le haut que se dirige son regard, vers cette étendue cotonneuse au bord de laquelle je finis par apercevoir la tête d'une femme. Un bras désigne la spirale.

– Rassemble l'escalier, vite ! crie la femme.

J'obtempère, et dans mon esprit se grave malgré moi la première loi de cet endroit : « Ne pas altérer l'escalier. »

– Eh bien, dit la femme d'un ton plus enjoué, qu'est-ce que vous attendez ? En avant ! Plus qu'un petit effort !

J'échange un regard avec Locki, qui hausse les épaules d'un air fataliste, une lueur amusée dansant dans ses yeux noisette. Nous nous remettons en marche.

– Voilà voilà, me semble-t-il entendre au-dessus de ma tête, le petit moineau arrive !

※

Lorsque nous prenons pied sur le vaste nuage, la femme s'avance vers nous. Elle est un peu plus petite que moi, le corps recouvert d'une étrange superposition de vêtements verts.

– Bienvenue ! nous lance-t-elle de sa voix légèrement enrouée.

Bouche bée, nous regardons autour de nous. À quelques pas de là, s'étend une immense plate-forme de bois voilée par des murs de cumulus et des rideaux de brumes qui nous empêchent de voir au-delà d'une dizaine de mètres. La femme nous observe de ses yeux joyeux couleur de miel.

– Tu es June, oui, c'est cela, me dit-elle en souriant, et tu dois être Locki, continue-t-elle. Bien sûr, bien sûr. Bienvenue ! Entre nous, nous appelons ce lieu le Port de la Lune. Mais officiellement, cet endroit n'existe pas !

Je répète ces mots à mi-voix pour tenter de donner à ce que je vis la consistance de la réalité :

– Le Port de la Lune.

Un endroit qui n'existe pas. Et pourtant je m'y trouve. Et je suis bien éveillée, même si tout cela ressemble à un rêve, je ne sens pas le goût du sommeil sur mes lèvres.

– Vous habitez ici ? je lui demande.

– Oui oui, évidemment.

– Pourquoi m'avez-vous empêchée de disperser les marches ? Nous étions poursuivis et...

– Vois-tu, moineau, me coupe-t-elle, nous sommes sur un nuage, et un nuage dérive au gré du vent... L'escalier, comme une ancre, nous retient au-dessus de l'arbre.

J'acquiesce. Logique. Enfin, s'il peut y avoir quelque chose de logique ici.

– Quant à vos poursuivants, ils n'ont pas pu entrer dans la grotte.

Je lance à la femme un regard interrogatif.
— Et pourquoi ?
Elle me toise comme une maîtresse d'école ayant affaire à un enfant particulièrement lent.
— Voyons, c'est évident ! s'exclame-t-elle. Il faut que l'arbre accepte de te laisser l'atteindre ! Si ce n'est pas le cas, le tunnel devient un cul-de-sac... C'est bien par là que vous êtes entrés, n'est-ce pas ? Il existe d'autres passages, mais c'est le plus accessible.

Je penche la tête sans répondre, à demi convaincue.

À ce moment, une silhouette immense apparaît à travers la brume et un homme surgit devant nous. Une barbe lui mange une bonne partie du visage.

— Alors ils sont là ! s'exclame-t-il d'une voix forte.

Il se tourne vers la femme.
— Et tu ne m'as pas prévenu !
— Tu guettais, tout comme moi, grommelle-t-elle, et tu les as vus venir, tout comme moi. De quoi voulais-tu donc que je te prévienne ?
— Hum. C'est juste, je guettais, lance-t-il en se redressant avec un sourire malicieux.

Et se tournant à nouveau vers nous :
— Bienvenue, je suis Gaspard, dit-il en me tendant une large main poilue, et je parie que Camomille ne s'est même pas présentée ?

La femme lève les yeux au ciel, agacée.

Je saisis la main tendue et murmure mon prénom. L'homme éclate d'un rire sonore.

– Oui, s'esclaffe-t-il, je sais qui tu es, June!

Puis il fait un pas vers Locki et le salue. Étrange de les voir l'un en face de l'autre. Comparé à Gaspard, mon frère me semble minuscule! En tout cas, Locki n'a pas l'air aussi mal à l'aise que moi et il sert franchement la main tendue du géant, un masque impénétrable sur le visage.

– Ne vous inquiétez pas, reprend la femme, nous sommes des amis.

Je fronce les sourcils.

– Et qu'est-ce qui me le prouve?

Le sourire de Gaspard disparaît pour laisser place à une expression de franche surprise et Camomille place ses poings sur ses hanches. Elle se campe devant moi et me dévisage.

– Moui. Il nous avait prévenus, marmonne-t-elle en se parlant à elle-même, une tête de mule, qu'il nous a dit, « elle peut parfois être une vraie tête de mule », mais nous n'avons pas voulu le croire, « June ne peut pas être cela! », je lui ai répondu. Pourtant...

Agacée, j'interromps d'un geste de la main les grommellements de Camomille.

– Depuis ce matin, nous marchons dans la forêt poursuivis par les hommes du conseiller. Là, un son étrange que Locki n'entend pas m'attire dans une tour bizarre à l'intérieur de laquelle pousse un arbre immense que nous escaladons pour nous retrouver sur un escalier de nuages. Une fois arrivés tout en haut, nous débouchons sur une plate-forme de bois dont des nuages nous cachent les limites, où vous nous accueillez comme si vous n'attendiez que nous, et je me fais traiter de tête de mule quand j'émets l'idée qu'il se passe deux trois trucs suspects et que je devrais peut-être me méfier ?

— Oui, c'est sûr, lâche la femme, vu comme ça...

Le sourire de Gaspard est de retour et ses dents, qui furent probablement blanches il y a longtemps, percent son visage hirsute d'un îlot de clarté.

— Elle me plaît, cette petite ! lance-t-il d'un ton jovial.

— Toi, pirate, retourne à ton bateau, le somme Camomille d'une voix sans appel.

Son bateau ? De mieux en mieux... Gaspard esquisse une courbette et s'esquive en rugissant :

— Bien, chef, exécution !

Et après m'avoir adressé un clin d'œil complice, il disparaît dans la brume. Camomille me dévisage un moment en silence, puis elle lui emboîte le pas. Elle se retourne juste avant d'entrer dans le brouillard et, nous voyant immobiles en haut des marches, elle nous appelle :

— Eh bien, jeunes gens, suivez-moi !

Ce que nous faisons. Avons-nous le choix ?

Locki me précède, la lanière de son sac passée sur l'épaule. Le plancher est rugueux sous mes pieds nus. Nous entrons dans la brume qui nous enveloppe de sa fraîcheur humide, puis débouchons à un carrefour. De grosses formations nuageuses comme des explosions étrangement solidifiées s'élèvent un peu partout.

– Par ici, c'est le jardin, annonce Camomille en indiquant une trouée dans les murs de nuages, par là il y a le port, et là-bas, c'est l'arène.

Le port ? L'arène ? Le jardin ? Ici, au milieu des nuages ?

– Et ici ? je m'informe en montrant le passage dont elle n'a pas précisé la destination.

– C'est la maison. June, tu viens avec moi, quelqu'un veut te voir, tu auras tout le temps de visiter plus tard !

Toute seule ? Je n'aime pas ça, mais je me tais.

– Et moi ? demande Locki d'une voix neutre.

– Eh bien, toi, tu es un grand garçon, rétorque Camomille en levant les yeux au ciel, tu fais usage de tes pieds et tu explores ! Gaspard doit être du côté du port, ajoute-t-elle en indiquant du pouce le chemin qui s'ouvre à notre droite.

Locki hausse les épaules. Je le regarde disparaître dans le labyrinthe cotonneux avant de m'apercevoir que Camomille est déjà partie vers la maison. Je ramasse rapidement mon sac et m'engouffre à sa suite.

13

La maison de pierres roses est construite tout en hauteur, touche de chaleur solide au milieu du blanc ambiant. Sa façade est rongée de lierre. Derrière la porte d'entrée en bois clair, je découvre un vestibule exigu. Des vestes et des manteaux sont pendus le long du mur, et une fenêtre ronde aux verres colorés laisse entrer la lumière du jour juste au-dessus de la porte.

Camomille m'entraîne à pas rapides jusqu'au deuxième étage. Arrivée sur le palier, elle m'indique d'un geste de la main un escalier en colimaçon.

– Vas-y, me dit-elle, il t'attend.

Il ? Notre hôte mystère est donc un homme. Les yeux de Camomille brillent, elle a l'air émue.

– Vas-y, monte, me répète-t-elle en serrant amicalement mon épaule avant de me pousser avec douceur vers l'escalier étroit.

La flamme de la méfiance toujours vive dans mes pensées, je monte au troisième étage. Une porte arrondie se dresse devant moi. Je dépose mon sac à dos par terre et enfile mes chaussures avant de frapper. Je me sens d'un coup mal à l'aise dans mon jean humide.

– Entrez, me répond une voix assurée.

Je tourne la poignée et me retrouve dans une pièce mansardée aux murs recouverts d'un papier peint violet à la couleur passée. Des fenêtres arrondies trouent le toit, laissant entrer des flots de lumière qui illuminent joyeusement le parquet. Accrochée au mur du fond, une étagère déborde de livres. Un homme est assis à un solide bureau. Très droit, il semble absorbé dans une tâche que je ne peux pas identifier. Ses cheveux bruns où pointent des mèches grises laissent place à une nuque musclée et, sous son pull, je devine de larges épaules. Il se lève et se tourne vers moi.

– Je suis content que tu sois arrivée jusqu'ici toute seule, June.

Cette voix... Ma respiration se suspend. Johannes. Le « vieux » Johannes, qui semble avoir rajeuni de vingt ans et pris vingt kilos de masse musculaire, se tient devant moi, une lueur amusée dans les yeux.

– Jolie, ta nouvelle coupe, me lance-t-il pour briser le silence, ça te change.

Estomaquée, je ne réponds rien. Une pluie de questions sillonnent mon esprit comme des météorites.

Curieusement, une seule parvient à se frayer un chemin jusqu'à ma bouche :

– Mais où sont passés vos chats ?

Johannes éclate de rire.

– Ils sont sous bonne garde, ne t'inquiète pas ! J'ai apporté Pénélope avec moi, dit-il en désignant une forme noire allongée sur un coussin au pied du bureau, vous avez déjà fait connaissance, il me semble...

J'acquiesce, un peu gênée de n'avoir rien trouvé de plus pertinent à demander.

– Hier, dis-je enfin, vous étiez un vieil homme grincheux, et aujourd'hui vous êtes... enfin... vous êtes ici, et vous semblez encore jeune. Par quelle magie...

– Merci pour le « encore jeune », sourit Johannes. J'ai en réalité quarante-deux ans, mais je suis plutôt doué pour les déguisements. Aucune magie là-dedans, il suffit de se pencher un peu, dit-il en joignant le geste à la parole, de plier les genoux en rentrant la tête, et avec un peu de maquillage et de vieux vêtements, le tour est joué.

Effectivement, la démonstration est saisissante, ses épaules paraissent moins larges, il semble maigre et fatigué.

– Pourquoi crois-tu que j'entretenais le mythe du vieil ermite qui ne veut voir personne ? ajoute-t-il en se dépliant pour retrouver sa solide stature. Il fallait bien que je protège mon secret. Et grincheuse, tu le serais aussi si tu avais passé dix ans de ta vie à feindre la vieillesse.

– Pourquoi vouliez-vous qu'on vous prenne pour un vieillard ? je lui demande, franchement étonnée.

– Un vieillard attire moins les regards. On a l'impression qu'il est là depuis toujours, même quand ce n'est pas vrai.

– Mais... dans quel but ?

Le sourire de Johannes s'estompe. Il réfléchit un instant.

– Disons que je veillais sur toi, lâche-t-il en me regardant droit dans les yeux.

– Sur *moi* ? Mais...

– June, me coupe Johannes en faisant coulisser machinalement le bracelet doré qui orne son poignet, il te manque de nombreux éléments pour comprendre ce qui s'est passé aujourd'hui mais, avant de me bombarder de questions, laisse-moi te montrer quelque chose, veux-tu ? Après, nous parlerons.

J'acquiesce. Johannes me demande de m'asseoir, puis il s'installe dans le fauteuil noir de son bureau et farfouille à l'intérieur d'un tiroir. Lorsqu'il pivote vers moi, il tient entre ses mains un mince cercle métallique qui, je le remarque aussitôt, possède exactement les mêmes reflets d'or rose que le bracelet à son poignet.

– Qu'est-ce que c'est ?

– Une couronne de vision, me répond-il. Tu vas la poser sur ta tête, fermer les yeux et essayer de te détendre. La scène que tu vas découvrir a eu lieu il y a treize ans, près de l'un des sept villages qui jouxtent La Ville.

Une couronne de vision ? Qu'est-ce que c'est que ça ? Je ne vois qu'un banal cerceau doré.

– Mais où avez-vous eu cette...

– Plus tard, me coupe Johannes d'une voix douce en me tendant le cercle de métal. Je te promets que je répondrai à toutes tes questions.

Je saisis la couronne avec un léger grognement de dépit – attendre, toujours attendre... – et la pose sur ma tête. Ainsi parée, je me sens un peu idiote, mais j'essaye de me concentrer. Il y a treize ans, a-t-il dit, aux abords d'un village. Voyons...

Se détendre. Plus facile à dire qu'à faire. Je ferme les yeux, sans que rien ne se passe. Au moment où la fatigue commence à me saisir, des images affluent derrière mes paupières closes.

Je suis dans la forêt, en bordure d'une petite clairière. J'entends les oiseaux, le bruissement des feuilles, et l'odeur des fleurs envahit mon esprit comme si elles se trouvaient juste sous mon nez. Je me rends rapidement compte que je peux diriger mon regard où bon me semble, et même me déplacer.

La voix de Johannes coule dans mon oreille comme le murmure d'un ruisseau :

– *Approche-toi du grand chêne gris, celui qui se trouve droit devant toi.*

Je suis ses indications. C'est étrange cette sensation de ne pas avoir de corps. Si je baisse la tête, je ne vois pas mes mains, ni mes jambes, il n'y a que le vide.

J'arrive au pied du chêne, et c'est alors que je l'aperçois. Assise sur une branche basse, le dos appuyé contre le tronc, une... comment dire... Si l'être assis là a la taille d'un enfant, son visage a les traits d'une adulte. Sa peau étrangement ravinée se confond avec l'écorce de l'arbre. Je m'approche. Elle semble souffrir.

– Qui est-elle ? je demande.

– *C'est une Sylphide,* me répond Johannes, *la dernière de son peuple. Les Sylphes sont des êtres de l'air, ils peuvent se rendre invisibles et ne sont alors qu'un courant d'air. Lorsque au contraire ils choisissent de se laisser voir, ce qui est rare, c'est sous cette forme qu'ils nous apparaissent. Les humains qui en ont aperçu les ont nommés tantôt des elfes, tantôt des fées...*

– Je pensais que c'était une légende.

– *Les légendes naissent de la réalité*, dit Johannes, et j'entends son sourire flotter entre les mots.

Il y a de la terreur dans les yeux roux de la Sylphide, mais aussi une douceur innocente.

Bientôt, elle est prise d'un tremblement qui fait onduler ses longs cheveux blonds aux reflets de mousse, puis son corps tout entier se tend, et de fines lignes vertes dessinent sur sa peau un réseau de lumière. Soudain, une voix d'enfant jaillit d'entre les arbres. La Sylphide l'entend en même temps que moi. Son corps devient plus lumineux encore, jusqu'à ce qu'une tresse de brume translucide aux reflets argentés naisse de sa poitrine et s'échappe en direction de l'enfant.

Puis son corps retombe en douceur sur la branche, les liserés verts pâlissent sur sa peau d'écorce jusqu'à disparaître. Elle semble s'être vidée de toute vie, de toute lutte, de tout désir.

Dans un dernier effort, elle tourne son visage vers moi et me sourit avant de disparaître. Le calme tombe sur la forêt.

Je sais que la Sylphide n'a pas pu me voir, tout cela s'est passé il y a des années, et pourtant je jurerais qu'avant de disparaître, elle a perçu ma présence.

– June, June, où es-tu ?

Je sursaute en entendant cette voix, et la pulsation de mon cœur s'accélère brusquement. Il y a tellement longtemps... Pourtant je n'ai aucun doute sur l'identité de sa propriétaire. D'où sort cette voix chérie qui m'appelle, qui me revient comme un écho à travers la cambrure du temps ? Tandis que je me précipite entre les arbres, un murmure s'échappe malgré moi du cercle de mes lèvres :

– Maman...

Depuis combien de temps n'ai-je pas prononcé ce mot ?

Soudain, au détour d'un massif de châtaigniers, je me trouve face à elle. Inquiète, elle fouille du regard la forêt en prononçant mon nom. Elle ne me voit pas.

J'aimerais la toucher, écarter le rideau brun de sa chevelure, la prendre dans mes bras et lui crier que je suis là, mais mon corps est ailleurs, les mots s'étouffent dans ma gorge.

À nouveau s'élève la voix de la petite fille que j'étais il y a treize ans, et ma mère se précipite dans sa direction.

– Tu es là, murmure-t-elle avec un soupir de soulagement en serrant l'enfant entre ses bras.

Puis elle plonge dans son regard.

– Tu m'as fait peur, June, ne t'éloigne pas comme ça !

La petite fille dévisage sa mère – ma mère… – et, percevant son inquiétude, hoche la tête d'un air grave avant de sourire et de poursuivre son babillant monologue.

À cet instant, la forêt s'éloigne, une force implacable me ramène malgré moi dans le présent. La scène s'estompe comme un rêve au matin. Je m'agrippe à ces dernières images pour rester encore là-bas un moment, avec elles. Mais il n'y a plus de forêt, plus de voix, rien que le rouge familier de mes paupières closes.

– C'est fini, dit doucement Johannes.

14

J'ouvre les yeux et ôte en tremblant la couronne de vision. Des centaines de questions se bousculent dans mon esprit, mais tout ce que je parviens à articuler est un balbutiant :
– Comment ? Ces... ces images ? Comment ?
– Quelqu'un a été témoin de cette scène et me l'a confiée pour que je te la montre.
– Quelqu'un ? Qui ?
Johannes passe une main sur son visage.
– Il y a des milliers d'années, commence-t-il d'une voix grave, de nombreux peuples vivaient sur cette terre. Certains étaient technologiquement bien plus avancés que nous. Ce sont eux, par exemple, qui ont fabriqué la couronne de vision que tu as utilisée. Ils ont pratiquement disparu, victimes de catastrophes naturelles ou déchirés par des guerres intestines. Les rescapés ont quitté leurs régions natales dévastées pour s'installer ailleurs, en petits groupes.

« Parmi eux, quelques savants soucieux de préserver les savoirs de leur peuple, se sont réunis dans un lieu connu d'eux seuls, au cœur d'une montagne. Ils étaient neuf et se sont partagé la charge de restituer peu à peu ces connaissances aux hommes survivants et à leurs descendants. Ainsi est né le premier Cercle des Veilleurs.

« Pour accomplir cette mission, ils se sont retirés du monde des hommes, les observant mais sans intervenir de manière directe. Il était, et il est toujours vital que personne ne connaisse leur existence, sinon tu imagines bien qu'ils se retrouveraient dans une position intenable. Chaque dirigeant et puissant de ce monde voudrait connaître les secrets de ces cultures disparues pour les utiliser à son profit. Cela déclencherait immanquablement une période de troubles, et les conflits qui ont détruit ces anciennes civilisations engloutiraient les nôtres à leur tour.

J'interromps Johannes :

— Vous êtes un Veilleur ? C'est cela que vous êtes en train de me dire ?

Il me regarde de ses yeux pétillants.

— Non, me répond-il avec son petit sourire en coin, je ne suis pas un Veilleur. Les Veilleurs vivent à l'écart des hommes.

— Mais alors qui êtes-vous ?

— Un intermédiaire. On nous appelle les Gardiens. Nous connaissons l'existence des Veilleurs et protégeons leur anonymat tout en effectuant pour eux certaines missions. Nous vivons pour la plupart parmi les hommes. Gaspard, Camomille et Maxence – as-tu rencontré Maxence ? Non ? Tu le verras bientôt – sont eux aussi Gardiens, ils vivent ici depuis plusieurs années, préparant ta venue. La part active de leur mission commence aujourd'hui.

Préparant *ma* venue ? Que veut-il dire ? Je revois cette curieuse tresse de brume s'échappant de la poitrine de la Sylphide pour se diriger vers... moi ?

– Mais qu'est-ce que j'ai à voir avec tout ça ?

Johannes s'enfonce un peu plus profondément dans le dossier de son fauteuil.

– Tu vas bientôt comprendre. Ces peuples anciens connaissaient l'existence des êtres de l'invisible. Ces créatures sont principalement de deux types : les *Sylphes* qui maintiennent l'harmonie, et leurs complémentaires, les *Oldariss*, agents du chaos. Pendant des siècles, l'équilibre entre l'harmonie et le chaos s'est plus ou moins maintenu. Les sociétés humaines se sont développées et ont prospéré, de même que les animaux et les plantes. Les Veilleurs ont accompli leur mission, restituant aux hommes des savoirs oubliés. Malheureusement, il y a maintenant deux siècles, l'équilibre a commencé à se rompre.

« L'une des trois Sources auxquelles les Sylphes puisent leur force de vie a cessé de fonctionner, puis, environ un siècle plus tard, une deuxième Source a été éteinte, probablement par les Oldariss, et la troisième l'a été peu de temps après. Les Sylphes, privés d'une bonne partie de leur énergie, se sont affaiblis et les Oldariss ont découvert le moyen de les immobiliser. Cette immobilité les rend fous de douleur et finit par les tuer.

« Mais les Sylphes ne sont pas morts, pas au sens propre du terme. Ils ont disparu dans le grand Maelström, une réalité où ils n'ont aucune prise sur ce monde. Là-bas, ils attendent. Ils guettent la faille, la déchirure qui leur permettra de revenir. Cette faille, seules les trois Sources réactivées peuvent la créer.

« La Sylphide que tu as vue était la dernière de son peuple. Elle t'a transmis le Souffle. Elle a fait de toi l'être-réceptacle, celui qui porte le Souffle en son sein et permet aux autres de l'utiliser. Et l'un des Veilleurs, qui surveillait l'évolution du rapport de force entre les Sylphes et les Oldariss, a été témoin de cet événement.

Je prends le temps de digérer toutes ces informations. La Sylphide m'a donc bien « transmis » quelque chose.

— Le Souffle ? je lui demande. Qu'est-ce que c'est ?

— Ce n'est qu'une hypothèse, mais nous pensons qu'il contient les dons des Sylphes, leur « pouvoir », tout ce qui leur permet d'interagir avec le monde. Ta capacité à disperser ou à sculpter les nuages par exemple, c'est le Souffle qui te la donne. Personne d'autre ici ne peut le faire.

Lorsque j'étais sur l'escalier en spirale, cela m'a semblé si naturel de modeler les nuages qu'il ne m'est pas venu à l'idée que c'était impossible pour quelqu'un d'autre.

– Qu'est-ce qui a provoqué le déséquilibre ? Pourquoi la première Source a-t-elle été éteinte ?

Un tressaillement d'hésitation passe sur le visage de Johannes.

– Nous l'ignorons.

– Mais si les Sylphes ont disparu, que seuls les Oldariss nous entourent à présent, le chaos devrait régner partout. Ce n'est pourtant pas le cas...

Johannes approuve.

– Et cela pour deux raisons. La première, c'est que ta présence agit sur l'équilibre. Là où tu te trouves, le chaos ne peut pas s'imposer complètement. Ainsi, La Ville où tu as grandi s'est trouvée par ta seule présence en partie préservée des troubles. De plus, la Source qui agit sur cette région a été la dernière à s'éteindre. Tu ne t'es jamais demandé pourquoi pratiquement plus personne ne voyageait ? Tu as vécu à l'abri, toutes ces années. Mais partout ailleurs...

– ... le chaos règne, dis-je en achevant sa phrase laissée en suspens.

– Les Veilleurs ne peuvent accomplir leur mission, reprend Johannes, puisque les hommes sont trop occupés à se battre pour apprendre quoi que ce soit.

– Et vous espérez que je me serve du Souffle pour réactiver les Sources, c'est bien cela ?

Johannes hoche la tête.

– En résumé, oui.

Sauver le monde, rien de moins ! J'inspire lentement pour réprimer l'agacement qui me gagne.

– À quoi ressemblent ces Sources ? Comment peut-on les réactiver ?

– Je l'ignore. Nous ne connaissons que leur emplacement approximatif. L'une se trouve près d'ici, ce n'est pas un hasard si la dernière Sylphide a disparu dans cette zone. La deuxième se situe dans une ville, loin vers l'ouest, à l'autre bout du continent. Et la dernière sur une île, au nord du monde.

Une île au nord ? Quand en ai-je entendu parler ? Soudain cela me revient. Jonsi. Jonsi le poète m'a parlé de cette île le jour où je l'ai rencontré sur la place de la grande fontaine. Les souvenirs m'envahissent. Troublée, je les enfouis à nouveau au fond de moi.

– C'est tout ? je demande.

– C'est tout, me confirme Johannes.

Me voilà bien avancée. Johannes me fixe toujours de son regard intense.

– Excuse ma curiosité, ajoute-t-il, mais je me pose une question depuis que j'ai été informé de ton arrivée. Qu'est-ce qui t'a guidée jusqu'ici ?

– Je... il y avait un son, il m'a amenée à l'arbre. Je crois qu'en fait ce son provenait de l'arbre lui-même.

Les yeux de Johannes se mettent à briller un peu plus.

– Tu entends l'arbre-bibliothèque, murmure-t-il. Bien, bien.

– L'arbre-bibliothèque ?

– L'arbre au centre de la grotte n'est pas simplement un arbre. C'est la bibliothèque des Sylphes. Personne ne sait ce qu'elle renferme ni comment la lire, mais si tu l'entends, alors peut-être pourras-tu...

La fin de sa phrase se perd avant d'atteindre ses lèvres.

– Peut-être pourrais-je ?

Il se lève brusquement.

– Pour l'instant, June, tu vas devoir apprendre à te servir du Souffle. Le temps presse. Mais nous en avons encore un peu devant nous.

– D'accord.

– Tu vas devoir apprendre cela par toi-même, ajoute-t-il.

Je sens monter à nouveau une pointe d'agacement.

– Ah oui, je vois. Vous voulez dire que là-dessus non plus vous ne pouvez pas me donner de précisions. C'est ça ?

Johannes penche la tête sur le côté, visiblement partagé entre l'amusement et le regret.

– Exactement, dit-il.

– Merveilleux...

Mon ton est amer. La fatigue m'étreint brusquement. Si je m'allongeais, je pourrais m'endormir en quelques secondes. Et peut-être qu'en me réveillant je me rendrais compte que tout cela ne s'est jamais produit.

Johannes s'approche de moi.

— Personne ne te retient ici, dit-il doucement. Tu peux partir, tu peux refuser de réactiver les Sources, tu peux refuser d'apprendre à te servir du Souffle. Mais en te confiant le Souffle ce jour-là, la Sylphide a fait de toi plus qu'un être humain. C'est ton héritage. Il te rattrapera tôt ou tard.

Mon héritage ? Et si je n'en veux pas, moi, de cet héritage ?

— Tu n'es pas seule, June, ajoute Johannes.

Je hausse les épaules. Je suis seule, quoi qu'il en dise. Je l'ai toujours été. Et trouver des personnes ici, que j'apprendrai certainement à aimer, n'y changera rien.

— Je vais saluer ton frère, me lance-t-il en se levant. Il risque tout comme toi d'être un peu surpris, mais je pense qu'il n'en est plus à ça près.

Sa remarque m'arrache un sourire. J'imagine le visage indéchiffrable de Locki regardant approcher un Johannes étonnamment rajeuni, bien loin du vieillard dont il a pillé le figuier !

Je le suis jusqu'au rez-de-chaussée. Quand nous sortons, la lumière vive qui se reflète sur la robe blanche du nuage et sur le vaste plancher me contraint à plisser les yeux. Johannes s'avance sur l'esplanade vers le carrefour. Je l'arrête.

— Nanou, Mel, il faut que je les prévienne, que je leur dise que je vais bien !

Il se retourne vers moi.

– C'est impossible, June. Personne ne doit connaître l'existence de ce lieu.

– Mais je ne leur dirai rien, ou bien que je suis ailleurs, peu importe, juste pour qu'ils ne s'inquiètent pas.

– Je suis désolé, répond Johannes en secouant la tête d'un air peiné. Ta sécurité dépend de ce secret. Tu ne peux contacter personne pour le moment.

Je ne tente pas de protester, devinant que le combat est perdu d'avance.

– Quand est-ce que je le pourrai ?

– Ce temps viendra, me promet-il avant de s'éloigner sur l'un des chemins.

Désemparée, je contourne la maison, trouve un banc solitaire qui surplombe la forêt, m'y assois.

15

Je me penche en avant pour regarder le grand tapis du monde déroulé sous mes yeux. Mon regard se perd sur les lumières aux fenêtres de La Ville. J'imagine l'établissement en train de prendre vie, la valse des clients, le parfum des filles et Nanou veillant avec attention sur son monde. Si sa punition a été levée, Mel doit commencer à trouver mon silence étrange. Qu'est-ce que Nanou va bien pouvoir lui dire ? Elle n'a pas la moindre idée de l'endroit où je me trouve.

Je n'ai jamais voulu ce genre de destin, en pleine lumière. J'ai tant de fois souhaité passer inaperçue... Non, je ne suis pas honnête. Il y a toujours ce rêve qui bourdonne au fond de moi : le rêve d'être quelqu'un de spécial, d'important. C'est pareil pour tout le monde, pas vrai ? Les gens font *semblant* d'être « comme les autres ». En réalité, chacun étouffe en silence son individualité pour ne pas sortir du rang, parce que le rang est si rassurant qu'il est plus simple d'y rester.

Mais qu'un pouvoir inconnu m'ait été légué et que tout un peuple m'attende... Ce n'est pas le genre de responsabilité que j'aie jamais désiré. Comme si d'un coup, ma vie ne m'appartenait plus. Je revois le sourire flottant de la Sylphide juste avant qu'elle disparaisse. Est-ce que je l'ai imaginé ? Non, c'est bien à moi qu'elle souriait, et ce sourire était plein d'une confiance joyeuse.

Je ne suis pas certaine d'être digne de cette confiance. La boule d'angoisse logée dans mon ventre semble ne plus jamais vouloir se dissiper. J'ai peur. Peur d'être là par erreur. De ne pas réussir à maîtriser le Souffle. Si encore il existait un guide pour savoir par où commencer. Mais il n'y a rien.

J'inspire l'air transparent de la nuit qui s'approche. Les larmes montent à mes cils. En silence, je laisse s'écouler sur mes joues les souvenirs de tout ce que je dois laisser derrière moi.

Soudain, une étincelle de colère s'enflamme sans prévenir.

Essuyer ces larmes qui trempent mon visage.

Arrêter de m'apitoyer sur mon sort.

Me lever, bouger.

Action, June ! Action !

Sylphide, je revois ton visage déformé par la douleur, et ma colère vrombit comme un essaim d'abeilles.

Je franchis les quelques pas qui me séparent du vide. Le monde bruisse et vibre, là en bas.

Je n'ai jamais eu le vertige, à présent je sais pourquoi.

J'inspire profondément et redresse la tête. Non, il n'y a pas de mode d'emploi pour apprendre à développer les dons que la Sylphide m'a confiés. Je n'ai rien. Rien que moi. Bon. C'est un début.

Je me mets à marcher sans destination précise dans la douceur ouatée du soir, déroulant mes pensées au rythme de mes pas.

Et si j'avais déjà utilisé le Souffle sans le savoir? Lorsque je me sentais menacée par le conseiller Moklart? Si c'était ce qui m'avait fait perdre connaissance? À mon réveil, la fenêtre était ouverte et des feuilles volaient dans la cage d'escalier, comme je les ai vues voler tout à l'heure autour de la Sylphide.

Comment ai-je fait?

Je ne m'en souviens pas, mais je peux espérer que cela recommence, et peut-être, cette fois, comprendre...

Atteignant le carrefour de nuages, je m'engage sur le chemin qui s'ouvre en face de moi. La nuit dernière, au moment de remonter dans ma chambre pour réunir quelques affaires avant de partir, il y a eu ces mots que le conseiller chuchotait à Nanou et que j'ai entendus si distinctement malgré la distance. Mon corps trouve-t-il seul le chemin du Souffle lorsqu'il sent le danger?

Je dépasse deux petits nuages, comme des bornes de chaque côté du chemin.

Le fabuleux spectacle qui se matérialise soudain sous mes yeux interrompt immédiatement mes réflexions.

Le port. Oui, c'est bien un port qui s'élève devant moi, un large ponton cotonneux, avec de part et d'autre, flottant dans le vide, de vieux bateaux en bois, leurs coques recouvertes de peinture rouge, verte, jaune ou bleue.

Locki se tient avec Gaspard sur le pont d'un des plus grands bateaux, une quinzaine de mètres de long, avec un œil jaune peint à la poupe, et il rit. Je n'en crois pas mes oreilles. Il m'adresse un signe de la main pour que je les rejoigne.

– C'est incroyable ! je leur lance en passant avec précaution par-dessus la rambarde de l'embarcation, et je ne sais pas si je parle du rire de Locki ou des bateaux volants.

Gaspard éclate à son tour d'un rire ample.

– Exactement ce que j'ai dit le jour où je suis arrivé ici !

– Comment est-ce que ces bateaux flottent ?

Gaspard secoue la tête.

– Bonne question ! Et aucune idée de la réponse... Tout ce que je sais, fait-il avec un sourire béat, c'est qu'ils flottent, et qu'ils flottent même diablement bien quand on hisse les voiles !

La lune, déjà haute, illumine les nuages d'un halo bleuté aux reflets d'argent. « Le Port de la Lune », oui, c'est exactement cela. Je me tourne vers Locki.

– Tu as vu Johannes ?

Locki acquiesce.

– Il t'a expliqué ce que nous faisons là ?

– Dans les grandes lignes, oui. Il va m'apprendre à me battre.

– À te battre ? je m'étonne.

– C'est ce qu'il a dit : « Tu cours vite et tu es capable de te glisser à peu près n'importe où, mais là où June ira, courir vite ne suffira pas. »

Je fronce les sourcils. Se battre contre qui ? Cela ne me plaît pas, mais Johannes doit savoir ce qu'il fait. Locki extrait de sous son tee-shirt un cordon de cuir noué autour de son cou. Une pierre verte taillée en losange y est suspendue.

– Il m'a donné ça.

La pierre luit doucement.

– C'est censé me permettre de voir les Sylphes et les Oldariss, précise-t-il. Apparemment, toi, tu n'en as pas besoin.

Il n'a pas l'air surpris. Je confirme dans un murmure :

– Apparemment…

※

Derrière moi résonne la grosse voix de Gaspard. J'avance vers la proue du bateau. Je ne peux détacher mes yeux du ciel nocturne. Ici, le vaste drap du cosmos s'étale sans entraves sur la voûte des cieux. Les astres semblent plus nets, plus proches que vus d'en bas.

Je m'allonge sur le pont. Et malgré moi, ce moment me ramène à un autre, où, allongée sur un toit de La Ville, les yeux perdus au milieu des étoiles, j'écoutais une voix me décrire des champs de lave craquelés, des falaises immenses et des jets d'eau puissants s'échappant de la roche pour monter vers le ciel dans leur robe de vapeur soufrée. Le souvenir est si vivant qu'il est presque douloureux.

Jonsi. C'est Jonsi qui m'a parlé de l'île du Nord.

C'était il y a quelques mois, pendant la fête du printemps. La première fois que je l'ai vu, j'étais assise sur le rebord du bassin de la fontaine, sur la place. Lui se tenait debout, adossé contre la façade d'une maison, juste en face de moi. Pas très grand, il était moulé dans un tee-shirt outrageusement fluo. Ses mèches brunes ébouriffées formaient un plumet au sommet de sa tête, comme en portent certains oiseaux.

Je ne l'avais jamais croisé auparavant, c'est ce qui m'a intriguée. En ville, on connaît tout le monde au moins de vue. Il regardait devant lui, plongé dans ses pensées. Je me suis décalée pour qu'il m'aperçoive et je lui ai souri. Alors il a cligné des yeux plusieurs fois, puis il a secoué la tête, très rapidement, comme s'il se réveillait d'un très long sommeil. Et son sourire a jailli, illuminant son visage à présent éveillé, emplissant de lumière ses yeux accrochés aux miens.

Nous avons passé la journée ensemble. Il ne connaissait pas La Ville. Il n'était que de passage. Il venait d'une ville au sud, mais vivait sur une île, loin au nord. Il était en chemin pour revoir sa famille. Voyager, cette idée me paraissait absurde. Cela fait longtemps qu'à part de rares commerçants personne ne quitte les villes. L'extérieur des remparts est trop dangereux.

Pendant cette journée que nous avons passée ensemble, je n'ai pas beaucoup parlé. Lui si. Du pollen, des étoiles, des oracles, des habitants de la banquise, de son île, aussi. Il me parlait comme s'il était resté seul durant des mois et que tous ces mots emprisonnés pouvaient enfin sortir du cercle clos de ses lèvres.

Je l'écoutais.

Et, peu à peu, au fil de ces mots, au fil de ces silences qui s'installaient, je le voyais. Lui, juste lui, dévoilé. Et ce que je voyais, je l'acceptais sans le moindre jugement.

Cette absence de jugement était nouvelle, et je découvrais enfin ce bonheur-là : avoir quelqu'un en face de moi qui ne se cache pas.

Mais moi, je ne savais pas me dévoiler. Alors je me taisais. Si j'avais parlé, je me serais réfugiée derrière des clichés. J'aurais fait semblant d'être une autre, celle que je croyais qu'il désirait trouver en moi.

Lorsque le soir est tombé, je l'ai emmené sur les toits. Je me souviens d'avoir résisté des dizaines de fois à l'envie de me rapprocher de lui.

Appuyer mon bras contre le sien. Mon genou. Ma tête. Lui saisir la main, même brièvement. C'était tellement violent, ce besoin de le toucher. Mais je me suis retenue. Rien n'était possible. Il allait repartir.

En me quittant ce soir-là, il m'a dit que j'étais raisonnable. J'ai souri, alors il a ajouté que ce n'était pas forcément un compliment.

– Je sais, ai-je répondu.

En réalité je n'étais pas si raisonnable, je faisais semblant. Je me raccrochais à la raison pour résister à cette force magnétique qui m'attirait vers lui. Je suis rentrée chez moi, j'ai pris un bout de papier, et j'ai écrit : « Aujourd'hui, je t'aime pour toujours. Revis de mes sourires, je me nourris des tiens. Et tes mots je respire. » Je me souviens exactement de ces phrases, de la manière dont elles étaient disposées sur la feuille, de la forme des lettres. J'ai plié le papier et je l'ai glissé dans ma boîte à secrets. Il s'y trouve toujours.

Le lendemain, nous devions nous revoir et je n'y suis pas allée. Terrifiée par les sentiments incontrôlables que je sentais naître en moi, je me suis terrée dans ma chambre.

Bien sûr, ensuite, il est reparti sur son île, il a disparu au loin dans le brouillard d'une autre réalité que la mienne. Je ne l'ai pas oublié, non, mais ma vie a repris son cours, cette journée passée avec lui formant comme une parenthèse magique.

Puis il y a eu Mel. Je me suis coulée dans cette relation simple et rassurante pour oublier Jonsi. Je ne peux pas m'empêcher de me sentir un peu coupable par rapport à Mel, pourtant cette sensation est bientôt balayée par la certitude d'avoir malgré tout été sincère avec lui.

L'île dont m'a parlé Johannes tout à l'heure est-elle celle de Jonsi ? Ou ai-je seulement envie de le croire ? Les moments passés avec lui tournent en boucle dans ma tête. Allongée sur le gaillard d'avant du bateau, je reste là, immobile, à boire la crème des étoiles jusqu'à ce que le froid me saisisse.

16

– *Quel est l'objectif premier ?*
– *Accomplir la Mission.*
– *Qu'est-ce que la Mission ?*
– *Préserver et restituer à tous les hommes les savoirs oubliés.*
– *Comment accomplir la Mission ?*
– *En utilisant son cerveau !*
– *Nathanaël ! Cesse de plaisanter !*
– *En consacrant ma vie à l'étude, récita aussitôt l'apprenti. En agissant en accord avec le Cercle de toutes les manières que je jugerai justes.*

Le Veilleur de Lumière acquiesça, puis désigna la place habituelle de son apprenti d'un petit mouvement de tête.

– *Est-il vraiment utile de répéter cela chaque jour ? demanda le jeune homme en se postant derrière son chevalet.*

– *C'est utile. Car lorsque je ne serai plus là pour te rappeler ces mots, ils te guideront dans l'exercice de ta charge. Et ils t'aideront à te rappeler que l'accomplissement de la Mission doit être ton seul but. Le seul, Nathanaël.*

– Je comprends.

– Le serment que prononce chaque apprenti lors de l'Épreuve pour devenir Veilleur est un sceau qui permet aux autres Veilleurs de lui accorder toute leur confiance.

Nathanaël baissa les yeux sur les volutes ouvragées de son chevalet, visiblement troublé.

– Maître, en quoi consiste cette épreuve ?

Le Veilleur hésita. L'apprentissage d'un futur Veilleur, même s'il était laissé à l'appréciation de son maître, suivait des étapes précises. Nathanaël s'était rapidement montré indépendant dans ses études, allant chercher seul ce dont il avait besoin dans les livres. Mais il était des choses qui ne se trouvaient dans aucun livre. Des choses que seul un Veilleur pouvait transmettre à un autre Veilleur.

Ainsi en était-il du déroulement de l'Épreuve.

La peur qu'elle suscitait ne devait intervenir que dans la toute dernière phase de l'apprentissage, lorsque l'apprenti possédait déjà les savoirs élémentaires et une partie des savoirs secondaires.

Le Veilleur de Lumière observa Nathanaël. L'apprenti avait le corps long et maigre de ceux qui ont grandi d'un coup, presque trop vite. Son visage étroit et anguleux, couronné de cheveux bruns qu'il portait très courts, affichait un grand sérieux. L'ombre d'une barbe commençait à apparaître sur son menton et les rondeurs enfantines avaient déserté ses joues.

Nathanaël était apprenti depuis à peine six ans. Même si sa perspicacité et l'étendue de ses connaissances étonnaient régulièrement le Veilleur, était-il temps d'évoquer l'Épreuve ?

– Au cours de l'Épreuve, dit lentement le Veilleur en fixant Nathanaël, l'apprenti ne peut pas mentir. Il doit être intimement convaincu de chacun des mots qu'il prononce.

Nathanaël releva vivement les yeux.

– Que voulez-vous dire ?

– Rien d'autre que ce que je viens de dire. Lorsque ton tour viendra, tu ne pourras pas mentir.

– Et qu'arriverait-il si je mentais ?

Le Veilleur se crispa, se remémorant sa propre Épreuve, seul face à la flamme au centre de l'immense salle des Mystères, et la terreur qui l'avait saisi quand la pièce s'était mise à tourner autour de lui.

– Tu ne pourras pas devenir Veilleur, et quelqu'un d'autre devra être formé sans que je sois là pour le guider.

Nathanaël regarda longuement son maître, essayant de deviner dans ses yeux les secrets de l'Épreuve. Mais le Veilleur de Lumière se détourna et s'immergea dans l'étude d'une carte sur laquelle il avait délimité des plages vertes – les derniers lieux où subsistait un semblant d'harmonie. Au bout d'un moment, il constata que Nathanaël fixait le plancher, les sourcils légèrement froncés.

– Oui ? l'encouragea le Veilleur.
– Je me pose une question… commença-t-il, hésitant. Même si le chaos régnait sur toute la planète et que les humains finissaient par s'entre-détruire, un nouvel ordre finirait par émerger. Pourquoi aller contre les événements et tenter de sauver les humains en rétablissant l'équilibre des forces invisibles ?

Le Veilleur s'amusait. Sous des dehors calmes et réfléchis, l'esprit de son apprenti bouillonnait d'une liberté que lui-même n'avait jamais atteinte. Nathanaël ne prenait rien pour acquis. Il se permettait régulièrement de remettre en cause les fondements de leur existence avec une rafraîchissante candeur qui frôlait l'hérésie.

– Nathanaël, dit-il en souriant, tout imparfaite que soit la race humaine, nous ne pouvons pas la laisser disparaître. Elle n'a pas encore atteint son but.

– Son but ? Qu'est-ce que…

– Le savoir que nous protégeons a été généré il y a des millénaires. Par des êtres humains. La raison de notre existence est de le préserver.

Son débit s'accéléra.

– Les humains sont la seule forme d'intelligence capable d'appréhender ces connaissances et de les utiliser. Si les hommes disparaissaient, à quoi servirions-nous ? demanda-t-il d'une voix passionnée, le tissu bleu nuit de sa robe tourbillonnant autour de lui. À quoi auraient servi ceux qui nous ont précédés au sein du Cercle des Veilleurs ?

Autant brûler nos livres, ce lieu tout entier, et nous immoler au milieu du brasier ! conclut-il en s'arrêtant devant Nathanaël dans une pose théâtrale, les bras levés.

Nathanaël le regardait, un sourire discret dissimulé au coin des lèvres. Chaque fois, le vieil homme s'emportait. C'était devenu une sorte de jeu entre eux.

Le Veilleur sourit en retour à son apprenti, ses bras retombèrent doucement le long de son corps. Mais Nathanaël avait de la suite dans les idées, et la tirade de son maître ne lui avait pas fait oublier sa question.

– Vous parliez d'un but, dit-il, le but de l'humanité... quel est-il ?

Le visage du Veilleur s'anima alors d'un pétillement enfantin. Prenant un air de conspirateur, il leva un doigt en direction du plafond et se pencha vers son apprenti.

– Les étoiles, Nathanaël, déclara-t-il avec une mine réjouie, les étoiles !

17

Comme chaque matin depuis un mois déjà, je m'éveille dans cette chambre – ma chambre, à présent – aux murs d'un jaune joyeux et au parquet brillant. Et comme chaque matin, lorsque je descends à la cuisine engloutir mon petit-déjeuner, je trouve la porte de la chambre de Locki grande ouverte et la pièce vide. Il est parti à l'entraînement.

Je n'ai jamais été une lève-tôt, loin de là, et, à ma connaissance, Locki non plus. Pourtant, depuis que nous sommes ici, il est debout à l'aube, et je me réveille peu après lui. L'arbre m'appelle, son chant vient me cueillir au plus profond du sommeil, il m'entraîne doucement vers le jour.

En arrivant dans la cuisine, je trouve Camomille en train de préparer le repas du midi. Encore à demi endormie, je grommelle un vague :

– B'jour.

– Bonjour, moineau ! s'exclame-t-elle aussitôt. Bien dormi ? Tu descends sur l'arbre ce matin ? Je te prépare des sandwichs pour le déjeuner ?
– M'rci.

Je lui adresse un rapide sourire pour qu'elle cesse de me parler – oui, me parler avant le petit-déjeuner est dangereux. Je ne suis pas encore complètement aux commandes de moi-même et j'ai tendance à mordre tout ce qui passe à ma portée ! J'attrape un plateau sur lequel je dépose un bol, un verre de jus d'orange et un pain de céréales, avant de me diriger vers la salle à manger.

Assise sur une chaise, accoudée à la table ronde, j'émerge peu à peu de ma torpeur. Le chant de l'arbre me bouscule amicalement.

– Rejoins-moi, dit-il, rejoins-moi.

Je souris. Dans l'arbre-bibliothèque, il n'y a pas de livres, pas de rayonnages, mais sur chacune des feuilles se trouve une chanson. Je passe mes journées dans ses branches à écouter un orchestre invisible. Chaque feuille parle une langue qui ne s'apprend pas, ce ne sont pas des mots, mais d'étranges modulations imprononçables. Pourtant, leur sens me parvient de manière évidente.

Je remonte dans ma chambre pour m'habiller et, après une bise à Camomille, je sors de la maison, mon déjeuner au fond de mon sac. Avant de descendre l'escalier en spirale, je fais un crochet pour voir Locki et Johannes s'entraîner dans l'arène.

Je les trouve comme prévu au centre du cercle de sable entouré de gradins de pierre. Je reste en haut pour ne pas les déranger.

Les genoux à demi pliés, ils dessinent une série de mouvements très lents avec les bras. Le corps de Johannes semble enraciné dans le sol, je pousserais sur lui de toutes mes forces que je ne pourrais probablement pas le faire bouger d'un centimètre. Locki, lui, s'améliore de jour en jour. Il s'entraîne sans arrêt. Je l'ai rarement vu aussi passionné.

Je les observe jusqu'à ce que les coups et les parades se détachent nettement, puis je fais demi-tour, traverse le nuage, rejoins l'escalier.

Après une descente interminable vers la chaleur de la terre, j'atteins le sommet de la tour et me glisse au cœur de l'arbre. La fraîcheur m'enveloppe aussitôt.

Installée sur une grosse branche à mi-hauteur, j'écoute. J'écoute quelle feuille chante pour moi. Le premier jour, je les consultais au hasard, j'en choisissais une et je me concentrais dessus. Mais je me suis aperçue que certaines feuilles me parlent plus particulièrement. Elles me font comprendre qu'il est important que je les écoute, telle cette petite feuille de frêne à côté de moi qui vibre dans l'air de toute la puissance de son chant. Je me concentre sur sa voix.

Ça y est, j'entends son chant clair au-dessus de tous les autres ! Il parle d'une pierre solitaire au milieu d'une plaine désolée, et il y a... quelque chose comme de l'espoir, oui, la pierre espère. Je sors de ma poche un carnet et j'y retranscris rapidement la chanson.

> *Il était une pierre*
> *Dans une plaine glacée.*
> *Un jour que tu passais dans cette contrée,*
> *Tu l'as touchée.*
> *Aujourd'hui, elle se souvient*
> *De la chaleur de tes mains.*
> *Quand le vent gelé court dans la plaine,*
> *Elle se souvient.*
>
> *Quelque part se trouve ta pierre,*
> *Elle t'appelle, poète,*
> *Quelque part se trouve ta pierre,*
> *Entends-tu sa voix ?*
>
> *Elle donnerait tout ce qu'elle a*
> *Pour sentir à nouveau tes mains,*
> *Mais elle n'a rien à donner,*
> *Rien, sauf son espoir.*
> *Un sourire frôle ses lèvres,*
> *Elle sait que tu marches sans fin.*
> *Quand le vent gelé court dans la plaine,*
> *Elle se souvient.*
> *Quelque part se trouve ta pierre,*
> *Elle t'appelle, poète,*
> *Quelque part se trouve ta pierre,*
> *Entends-tu sa voix ?*

Tu dois trouver ta pierre,
Tu dois trouver ta pierre,
Tu dois trouver ta pierre,
Elle te donnera le centre,
Car elle rêve de toi.

Perplexe, je parcours des yeux les lignes que je viens de tracer. Qu'est-ce que je suis censée comprendre ? Pourquoi l'arbre me raconte-t-il l'histoire de cette pierre ? Est-ce que cette pierre existe ? Suis-je censée la trouver ? « Elle te donnera le centre. » Le centre de quoi ?

C'est comme si toutes ces histoires gravées sur les feuilles formaient une gigantesque fresque et que, tant que je n'en ai récolté que des fragments, je ne pouvais pas saisir ce qu'elle représente. Alors je collecte ces parcelles du chant de l'arbre-bibliothèque, et lorsque j'aurai compris chaque bribe de mélodie qui compose la grande, peut-être saurai-je ce que je dois faire pour trouver le Souffle en moi, et comment l'utiliser.

C'est ce que je me dis.

C'est ce que j'espère.

Mais l'arbre est si vaste, il a tellement de feuilles… Cette tâche va me prendre des années !

Raison de plus pour ne pas perdre de temps. J'écoute une autre feuille, et une autre encore. Je m'interromps pour manger, puis je me remets à l'ouvrage, inlassablement. L'après-midi file entre les branchages.

Alors que la grotte commence à s'assombrir, je glisse mon carnet dans mon sac. Une rapide caresse en guise de salut sur le tronc de l'arbre, puis je quitte la dentelle des feuillages et remonte vers le Port de la Lune.

L'ascension de la spirale est chaque fois interminable. Pourtant, malgré la brûlure dans les muscles de mes jambes, le grand nuage du Port de la Lune se rapproche irrésistiblement.

Arrivée là-haut, je passe le rideau de brume et m'engage sur le chemin du jardin. Maxence est là qui s'active encore aux dernières lueurs du jour. Je le sais maintenant, le vieil homme ne quitte son jardin qu'à la nuit tombée, lorsque la voix de Camomille l'appelle pour le repas.

Personne ne m'a présenté Maxence – peut-être que Johannes a oublié ? La première fois que je l'ai rencontré, c'était le lendemain de mon arrivée, lorsque, poussée par la curiosité, je suis venue dans ce jardin. Je me suis approchée pour le saluer et lui ai simplement dit « bonjour ». J'ai parlé doucement, presque à voix basse, parce que j'avais l'impression de le déranger, comme s'il se trouvait bien, seul au milieu de ses plantes, et que ma présence était un jet de cailloux sur l'eau vernie d'un lac.

Maxence s'est contenté de me regarder en silence, de ses yeux clairs aux pupilles morcelées par des éclats de lumière, sans animosité, mais sans sourire non plus. Puis, pour toute réponse, il m'a tendu une paire de gants et il m'a dit :

– Aide-moi.

J'ai enfilé les gants et je l'ai aidé à accrocher des ficelles pour soutenir les rosiers. Il a cueilli une fleur à peine éclose – pour Camomille –, puis nous avons arraché les mauvaises herbes dans le potager. Nous avons travaillé en silence, moi observant ses gestes, ne pensant à rien d'autre qu'à les imiter au mieux, jusqu'à ce que la voix éraillée de Camomille fende la nuit pour nous guider jusqu'à la maison.

Depuis, je reviens chaque soir. La présence de Maxence me rassure. C'est comme si l'automne se tenait près de moi.

Quand j'arrive, Maxence me salue d'un sourire et fait un signe en direction des pieds de tomates pour que je les cueille. Elles ont bien grossi cette semaine, et le soleil les a rendues écarlates.

– Est-ce que cela se passe bien, dans l'arbre ? finit-il par demander mine de rien.

Je le regarde, étonnée d'entendre sa voix, une voix grave comme un four à pain. C'est bien la première fois que Maxence me pose une question !

Sans me regarder, comme s'il n'avait rien dit, il se penche pour m'aider.

– Je ne peux pas dire que ça se passe mal, je réponds en secouant la tête, si seulement je savais ce que je cherche…

Maxence acquiesce d'un bruit de gorge compatissant. Je profite qu'il ait lancé la conversation :

– Gaspard m'a dit que vous êtes arrivé le premier au Port de la Lune…

– Le premier, pas exactement, me répond-il en contournant les plants de tomates pour inspecter le reste du jardin. Tout cela existait déjà, d'autres personnes ont vécu ici avant nous. Mais quand je suis arrivé, il y a maintenant plus de dix ans, le nuage était désert et tout était à l'abandon.

Maxence s'essuie les mains sur son solide pantalon de toile bleu marine.

– Mais comment êtes-vous arrivé là ?

– J'imagine que le jardin avait besoin d'être entretenu, sourit-il, alors l'arbre m'a permis de le trouver, et de monter jusqu'ici.

– Et vous l'avez entendu ?

– Pas comme toi, répond-il en inclinant légèrement la tête sur le côté. Mais j'ai toujours vécu avec les plantes plus qu'avec les hommes. Le jour où l'arbre m'a parlé, je l'ai capté, comme on devine parfois les pensées des gens que l'on connaît bien.

– Et vous savez qui a construit cet endroit ?

– Ce sont certainement les Sylphes qui ont sculpté la spirale et ce nuage. Pour le reste, la maison, les bateaux, je parie sur des constructions humaines.

– Mais qui ? Et pourquoi des Sylphes auraient-ils construit un tel endroit ?

– Je l'ignore. Il existe des histoires sur des marins enlevés par les Sylphes qui pourraient expliquer la présence du port, mais il est impossible de savoir quelle est leur part de réalité.

Maxence dégage quelques feuilles mortes qui encombrent les branches d'un arbuste. Elles se posent délicatement par terre.

– Vous étiez déjà Gardien lorsque vous êtes arrivé ici ?

– Bien sûr. Nous sommes Gardiens dès la naissance, parce que nos parents le sont.

– Toujours ?

– Il y a des exceptions. Parfois, certaines personnes ne sont pas aptes à être Gardiens, même si leurs parents le sont. Et d'autres fois, quelqu'un que rien ne prédestinait à accomplir cette tâche se retrouve Gardien – ce sera sûrement le cas de Locki un jour. Mais en général, oui, c'est ainsi que les choses se passent.

Maxence s'arrête devant un petit arbre et inspecte ses feuilles.

– Et moi, je lui demande, est-ce que... je suis une future Gardienne ?

Maxence se redresse et se tourne vers moi.

– Je ne pense pas, dit-il lentement en détachant chaque mot, ses yeux fouillant les miens. Les Gardiens accomplissent les missions que leur donnent les Veilleurs. Tu auras probablement d'autres intérêts à servir, pour lesquels il sera important que tu restes aussi indépendante que possible. Y compris par rapport aux Veilleurs.

Je fronce les sourcils.

– D'autres intérêts à servir ?

– Les tiens. Ou plutôt, ceux qui te sembleront justes.

Aussi indépendante que possible ? Y compris par rapport aux Veilleurs ? Et c'est un Gardien qui me dit cela, lui qui est censé servir leur intérêt !

Maxence ne me lâche pas du regard. Je comprends qu'il me met en garde. Mes propres intérêts pourraient à un moment différer de ceux des Veilleurs. Bien. C'est noté.

18

Une cloche sonne, accompagnée par le cri de Camomille qui nous appelle à table. S'il y a bien une chose que je ne tenterai pas, c'est de la faire attendre ! La nuit est presque tombée et le ciel prend cette teinte d'un bleu profond et rieur qui me remplit de joie. Nous rangeons les outils dans la remise à l'entrée du jardin où Maxence récupère une lampe-tempête pour éclairer nos pas, et nous nous mettons en route vers la maison.

Je me demande si quelque habitant d'en bas a déjà entendu la cloche de Camomille... Une cloche qui sonne au milieu du ciel, il y aurait de quoi croire à un miracle et réanimer les anciennes superstitions ! Je fais part de mes réflexions à Maxence. Il a un sourire très doux.

– Tu sais, dit-il, il existe des endroits où celles que tu appelles les « anciennes superstitions » sont encore de véritables religions.

– Vraiment ? Un dieu unique, tout ça ?
– Tout cela, oui.

Maxence est-il en train de parler de lui-même ? Je me demande d'où il vient, avec ses yeux si bleus qui tranchent sur sa peau cuivrée.

– Dis-moi, murmure Maxence alors que nous atteignons le carrefour, à quoi crois-tu, toi ?

Surprise par sa question, je commence par bafouiller.

– Je ne sais pas vraiment.

Je prends quelques instants pour ordonner mes idées, passant machinalement ma main sur mon visage. Mes doigts ont l'odeur piquante des feuilles de tomate.

Arrivé devant la porte de la maison, Maxence s'immobilise, me dévisage, patient. Je pousse un petit soupir.

– Que quelque chose nous dépasse, oui, je le crois. Depuis que je suis ici, c'est presque devenu une certitude. Peu importe le nom que nous lui donnons, que ce soit Dieu, la nature, ou bien l'invisible. Par contre, je ne crois pas que quelqu'un puisse décider du rapport que nous devons entretenir avec cette… chose. Cela ne regarde personne d'autre que nous-mêmes, non ?

Maxence sourit à nouveau et, sans me répondre, il pousse la porte de la maison. Je le suis, sa question continuant à tourner dans ma tête. En quoi est-ce que je crois ?

Cet invisible que je découvre, est-ce que je l'entends uniquement parce que j'y crois ? Est-ce que j'ai commencé à y croire parce que d'autres m'ont dit : « Regarde, cela existe » ? Non, j'ai entendu l'arbre chanter avant que Johannes me parle de l'invisible.

Perdue dans mes pensées, je passe dans la cuisine pour me laver les mains.

– Hep hep ! m'apostrophe Camomille alors que je me dirige vers la salle à manger, apporte ça à table !

Je prends le plat de haricots verts qu'elle me tend. Camomille se retourne aussitôt vers le four dans un éclair de tissus verts et se met à marmotter :

– Tssss, comme si j'allais la laisser partir les mains vides, non mais qu'est-ce qu'ils croient, tous ? Que je suis...

Je rejoins les autres déjà attablés, laissant mourir dans mon dos les bougonnements habituels de Camomille. Elle entre quelques instants plus tard, un plat de poulet dans les mains.

– Servez-vous, ça va refroidir. Allez, allez !

Nous obtempérons. Après que les plats ont fait le tour de la table, Johannes nous annonce sans préambule qu'il va nous enseigner la méditation, à Locki et à moi.

– Cette pratique sera un complément précieux à l'étude des arts martiaux, Locki. Quant à toi, June, elle t'aidera à clarifier tes pensées.

Je hausse les sourcils. Mes pensées sont tellement confuses que je suis prête à essayer n'importe quoi !

– Bien, conclut Johannes, puisque vous semblez tous les deux déborder d'enthousiasme, notre première séance aura lieu dès ce soir, après le repas !

Je jette un regard à Locki. Il me le rend, impassible, puis hausse les épaules d'un air fataliste. Ce soir ? Je n'ai qu'une envie, me glisser sous ma couette et m'endormir en écoutant le chant des grillons qui pullulent dans le jardin de Maxence... Mais je commence à connaître Johannes et, bien qu'il ait présenté la chose comme une proposition, nous n'avons pas le choix.

– Gaspard, demande Johannes, comment avance la réparation du bateau ?

– Il reste encore pas mal de travail. À ce propos, ajoute-t-il en se tournant vers Camomille, certaines voiles ont besoin d'être recousues, je te les apporterai, si cela ne te dérange pas.

– Cela ne me dérange pas du tout, réplique Camomille d'un ton mielleux, c'est vrai que je n'ai absolument aucun travail dans cette maison...

– Je n'ai pas dit ça ! Bien que... commence-t-il avec un sourire malicieux.

Camomille lance un regard assassin à Gaspard.

– Bien que quoi ? Je t'écoute !

– Rien, rien, s'empresse-t-il de déclarer, voyant la colère pointer sur le visage de Camomille.

– Je préfère ça, grogne-t-elle.

Je suis l'échange avec amusement, et je ne peux m'empêcher d'intervenir :

– Vous vous connaissez depuis longtemps ?

– Un peu, oui ! s'exclame Gaspard. Notre mère nous a portés en même temps. Et il paraît que, dans son ventre, nous nous disputions déjà, ajoute-t-il en décochant un coup de coude à Camomille qui secoue la tête, agacée.

Incrédule, je manque de recracher le morceau de poulet que j'ai dans la bouche et je cherche dans le regard de Johannes une confirmation. Gaspard et Camomille, frère et sœur ? Jumeaux ? Johannes se contente de son habituel sourire en coin et me lance un coup d'œil pétillant de malice.

J'essaie d'imaginer leurs parents… Les portraits d'un géant barbu et d'une femme brune maigrelette s'imposent à moi, quand Gaspard me détrompe :

– Je tiens plutôt de maman et Camo est le portrait craché de papa. Même si c'est moi qui ai hérité de sa tignasse ! s'exclame-t-il en passant négligemment une main sur ses longues mèches bouclées aussi noires que ses yeux.

Les proportions s'inversent dans ma tête et j'éclate de rire face à l'image de ce couple improbable. Une géante et un avorton aux cheveux de corbeau.

– Et… vous avez toujours vécu ensemble ?

Un silence accueille ma question.

– J'ai vécu avec un homme, lâche finalement Camomille sans me regarder. Nous avons un fils.

Je n'ose pas demander ce qu'ils sont devenus. Elle jette un coup d'œil circulaire autour de la table, s'arrête brièvement sur moi.

– L'homme était un Veilleur, précise-t-elle d'une voix très calme. Il l'est toujours, d'ailleurs. C'est pourquoi il ne nous est pas possible de vivre ensemble. Notre fils est en passe de devenir Veilleur à son tour. Il s'appelle Nathanaël. Je n'aurai probablement plus l'occasion de le revoir.

Rompant le silence gêné qui s'est installé, Locki, d'une voix claire et ingénue, interroge Gaspard :

– Et toi ?

– Moi ? sourit le géant. Pas d'enfants, non, du moins pas à ma connaissance ! Mais qui sait, ajoute-t-il avec un clin d'œil, j'aurais peut-être de sacrées surprises en retournant dans certains ports que j'ai fréquentés il y a quelques années.

Cette remarque semble le laisser songeur et il ne prononce plus un seul mot jusqu'à la fin du dîner.

Après une heure passée dans le grenier violet aux lumières tamisées qui sert de bureau à Johannes à essayer en vain de suivre ses consignes pour méditer, je descends au rez-de-chaussée pour me servir un verre d'eau.

Cette séance n'a pas été une réussite. Quelle étrange expérience que de s'asseoir sur un coussin et de ne pas bouger pendant une heure en fixant un point imaginaire ! Locki, lui, avait l'air si calme, si serein… Quant à moi, impossible d'apaiser le flux de mes pensées, mon corps se révoltait contre cette immobilité forcée et ma seule envie était de bondir sur mes pieds pour faire trois fois le tour de la maison en courant ! Johannes prétend que c'est normal de ressentir ça les premières fois.

La porte de la cuisine est grande ouverte. La présence d'une silhouette dans l'ombre m'arrête avant que je passe la porte. Camomille est assise près de la fenêtre.

Le silence inhabituel qui règne est presque incongru. D'habitude, elle grommelle ou chantonne, mais ce silence, non, je ne l'avais jamais entendu en sa présence.

– Camomille ? Ça va ?

D'abord elle ne me répond pas. J'esquisse un pas vers elle quand sa voix s'élève dans l'obscurité et m'arrête :

– Je savais que je ne resterais pas avec lui. Il était déjà Veilleur à l'époque. J'ai essayé de ne pas l'aimer, de toutes mes forces. Je n'ai pas pu et, tu sais, je ne regrette rien.

Elle tourne son visage vers moi et, à la faible lueur de la nuit, je n'y trouve aucune trace de tristesse. De la douleur, peut-être.

Je m'approche d'elle et pose une main légère sur son épaule.

– Tu voulais quelque chose ? me demande-t-elle à mi-voix.

– Un verre d'eau. Juste un verre d'eau.

Elle s'apprête à se lever, j'appuie un peu plus ma main sur son épaule et ajoute dans un souffle :

– Ne bouge pas, je me débrouille.

Elle secoue vivement la tête, se lève avec énergie et se dirige vers le placard pour en sortir un verre qu'elle remplit d'eau.

– Je sais que tu peux te débrouiller, réplique-t-elle avec un sourire d'excuse en me tendant le verre, mais il faut bien que je sois utile, d'accord ?

J'ai envie de lui dire qu'elle est utile, importante… pourtant ces mots me semblent si insignifiants qu'ils restent au fond de ma gorge. Je prends le verre et regarde Camomille avec tendresse.

– Merci, merci pour *tout*.

Des larmes affleurent au bord de ses paupières. Elle les retient, tend le bras, pose brièvement sa main sur ma joue.

– Bonne nuit, moineau.
– Bonne nuit, Camomille.

Sur le chemin du Souffle

19

Automne

Une ville. Des maisons basses et délabrées, trouées de fenêtres crasseuses. Un ciel uniformément gris, laissant tomber une pluie fine et gluante. Je marche dans une rue inconnue. Sous mes pieds, la terre est gorgée d'eau, parsemée de flaques boueuses.

Soudain, une adolescente jaillit d'une rue adjacente, le visage tordu par la peur. Ses cheveux bruns noués en queue-de-cheval flottent derrière elle et bondissent au gré de ses foulées. Elle hurle. Elle ne me voit pas. Une porte s'ouvre juste à côté de moi, sur un homme au visage dur et à la carrure impressionnante.

– Entre ! lui crie-t-il.

Elle ne se fait pas prier. À peine a-t-elle disparu dans la maison que trois hommes débouchent à leur tour dans la rue. Dans leurs mains, des barres de fer et des armes à feu.

Ils se ruent sur l'homme qui a ouvert la porte et, sans avertissement, les barres de fer s'abattent sur lui. L'homme n'a pas le temps d'esquisser un geste pour se défendre, il tombe à terre. Les coups lui arrachent des gémissements étouffés. Je voudrais intervenir, mais il m'est impossible de bouger. Et même si j'y parvenais, que pourrais-je faire ?

J'entends des craquements humides lorsque les os de l'homme cèdent, un à un.

Il ne tente plus de se relever ni de fuir.

Des larmes me brûlent les joues.

Dans la rue, d'autres portes s'ouvrent. Les trois hommes armés prennent la fuite, laissant le géant au sol dans une position étrange, ses membres tordus en angles improbables. Son sang se mélange à la boue de la chaussée.

Des maisons alentour sortent des hommes et des femmes qui s'approchent, apeurés. La fille aux cheveux bruns apparaît à son tour, suivie par un petit garçon qui ne doit pas avoir plus de huit ans. Elle regarde l'homme au sol, se tourne vers le petit garçon pétrifié. La fille le prend dans ses bras, lui murmure quelques mots à l'oreille et pose doucement sa main sur le visage de l'enfant, comme pour le protéger de la vision du carnage.

La pluie se met à tomber un peu plus fort. Sans un regard pour les voisins agglutinés près du corps, l'adolescente s'éloigne en serrant l'enfant dans ses bras.

Je baisse la tête, bouleversée. Une flaque d'eau me renvoie l'image d'une petite fille au visage baigné de larmes. De longs cheveux blonds encadrent son visage. Ses yeux sont semblables aux miens. Surprise par cette vision, j'ouvre les paupières.

Ma chambre apparaît autour de moi baignée par la clarté de la lune. Mes draps sont trempés de sueur et de larmes. Assise sur mon lit, je serre convulsivement mon oreiller contre mon ventre en tremblant. Je ne veux pas me rendormir. Je sens que si je replongeais dans le sommeil, le même cauchemar reviendrait me hanter.

Je quitte mon lit en titubant, me bats quelques secondes avec la poignée de ma chambre pour me précipiter aux toilettes. Penchée au-dessus de la cuvette, je vomis. Les spasmes se poursuivent, violents. Puis, tremblante, je m'assieds sur le carrelage froid. J'essuie ma bouche, pose ma main sur mon front. Je ne sais pas combien de temps je reste ainsi.

Je finis par me lever et, enlevant maladroitement mon tee-shirt, j'entre dans la douche. L'eau chaude me fait du bien, estompe les scènes qui me hantent. Mais sans parvenir à les effacer complètement.

Je n'arriverai pas à avaler quoi que ce soit ce matin. Je m'habille rapidement et quitte la maison. Tandis que je descends vers l'arbre-bibliothèque, j'isole dans un coin de mon cerveau les souvenirs de ma nuit agitée, avec la ferme intention de ne plus jamais leur permettre d'en sortir. Mais je ne peux rien faire contre la fatigue qui me talonne, ni contre le découragement qui l'accompagne. Je descends la branche plate et me laisse tomber contre le large tronc.

Pourquoi cet arbre ne me parle-t-il que par énigmes ? Je descends là chaque jour depuis trois mois et je me fonds dans ses branches pour l'écouter, essayant de comprendre les chants des Sylphes. Malheureusement je n'y trouve pas le moindre indice concernant l'utilisation du Souffle...

Je parviens à entendre ce que me disent les feuilles, à augmenter la sensibilité de mon ouïe jusqu'à percevoir le chuintement des pattes de fourmis sur l'écorce, le craquement de la sève qui s'écoule dans les branches.

Mais je ne peux agir.

Pourtant, lorsque je me suis retrouvée coincée par le conseiller Moklart, je me suis réellement *servie* du Souffle, même si je ne l'ai pas fait exprès.

– Il y a quelqu'un là-dedans ? June ?

Surprise, je lève la tête vers la cime de l'arbre.

– Locki ? C'est toi ?

– Oui ! Où es-tu ? Je ne te vois pas.

– Attends, je lui crie en me levant de ma branche, j'arrive !

Il doit être un peu plus de midi. Le temps s'écoule différemment ici. Je remonte rapidement le long du tronc principal jusqu'à la grosse branche plate qui mène à l'escalier. Ce chemin m'est devenu tellement familier que je ne cherche plus où poser mes pieds. Locki m'attend, debout au bord de la tour, son large pantalon d'entraînement noué à la taille par une bande de soie grise.

– Qu'est-ce qui se passe ? je demande. Il y a un souci ?

– Non, non, je passais juste dire bonjour.

Je souris. J'ai beau aimer la solitude, avoir un peu de compagnie me fait plaisir, surtout aujourd'hui.

– Tu restes un moment ?

Locki acquiesce.

– Un peu, oui, pas pressé de remonter là-dessus, grommelle-t-il en désignant l'escalier du menton.

Il m'arrache un petit rire.

– Toujours un problème avec cet escalier ?

– Je suis plus à l'aise sur le plancher ou dans le sable de l'arène. On ne peut pas marcher sur un nuage, ajoute-t-il en grommelant.

– Mais tu sais, dis-je pour le taquiner en redescendant dans l'arbre, le plancher et l'arène *reposent* sur le nuage.

– Je le sais ! Mais au moins, je ne le vois pas !

Nous rions ensemble. Que c'est bon de t'entendre rire, petit frère, toi, si réservé. Ta présence a le don de m'apaiser instantanément.

Locki s'assied en face de moi. Il fronce les sourcils, imperceptiblement.

– Qu'est-ce qu'il y a ?

Il me regarde. Je remarque les cernes sous ses yeux noisette.

– Je ne sais pas ce que ça signifie, commence-t-il, mais… j'ai fait un cauchemar cette nuit.

Balayant mes faibles protections, le film de ma nuit déferle dans ma tête. Je ferme les yeux un instant pour laisser refluer le flot des images. Lorsque je les rouvre, le regard soucieux de Locki est posé sur moi.

Calmement, je demande :

– Raconte-moi.

Je sais déjà ce que je vais entendre.

– Je marchais dans une rue. D'un coup, une fille déboule. Elle crie et à ce moment-là…

– … un homme sort et la fait entrer chez lui avant d'être massacré. C'est bien ça ?

Locki déglutit et acquiesce lentement.

– J'ai fait le même cauchemar.

Nous restons silencieux un moment. Le même rêve, la même nuit.

– Tu crois que c'est vrai ? s'inquiète Locki. Que ça s'est vraiment passé quelque part ?

– J'en ai peur.

– Mais June, comment expliques-tu qu'on l'ait vu ?

– Je ne l'explique pas. À la fin de ton rêve, quand tu as regardé dans la flaque, qu'est-ce que tu as vu ?

Il me dévisage un court instant.

– Moi.

– Toi ? Tel que tu es aujourd'hui ?

– Oui. Tu as vu autre chose ?

– J'ai vu une petite fille avec de grands cheveux blonds.

– C'est qui, cette petite fille ?

Je secoue la tête, troublée.

– C'est moi. C'est moi qui regarde et qui ne peux rien faire.

Et en disant cela, je sais que j'ai raison bien que je sois incapable de l'expliquer de manière rationnelle.

– Toi, rétorque Locki, tu *peux* faire quelque chose ; alors que moi, je ne peux rien faire.

– Comment ça ?

– Tu peux apprendre à te servir du Souffle, lâche-t-il d'une voix fatiguée.

– Tu as raison, dis-je autant pour le rassurer que me persuader moi-même. Je vais trouver comment m'en servir. Et je suis sûre que tu découvriras quoi faire de ton côté.

Locki hoche la tête, comme si ce chapitre était clos.

– Alors dis-moi, soupire-t-il en tapotant le tronc contre lequel il s'est adossé, qu'est-ce que cet arbre peut bien te raconter à longueur de journée ?

– Des chansons, des histoires.

– J'aurais bien besoin d'entendre des histoires, de belles histoires.

Je souris.

– D'accord. Je ne te les chanterai pas, mais...

– Pourquoi ? m'interrompt Locki. Quand tu étais petite, tu chantais tout le temps. Depuis quand est-ce que tu ne chantes plus ?

Surprise par sa question, je ne trouve rien à répondre. C'est vrai, je chantais tout le temps. Je dansais aussi. Et puis j'ai arrêté.

Locki me regarde, impassible, et je lis dans ses yeux comme un léger reproche.

– Je ne crois pas qu'un humain soit capable de reproduire ces sons.

– Pourtant tu comprends ce qu'ils disent, observe-t-il, un peu radouci.

– Oui.

– Montre-moi.

Je ferme mes paupières pour me concentrer et capte une vibration juste devant moi. Les premiers sons me parviennent.

– Celle-ci parle d'un être qui vit dans l'océan, un homme-poisson.

J'ouvre les yeux pour chercher l'origine du chant. C'est une feuille de houx accrochée en contrebas.

– Un homme-poisson ? répète Locki.

– Oui. Il ressemble à un homme, excepté ses mains et ses pieds qui sont palmés et une nageoire translucide qui saille le long de sa colonne vertébrale. Mais sa plus grande différence avec nous est la morphologie de son cœur.

Ce... ce n'est pas un cœur ordinaire. Lorsque l'homme-poisson veut se déplacer sur de longues distances, une valve s'ouvre dans sa poitrine pour laisser passer son cœur, et ce dernier s'accroche comme un grappin au centre d'une vague. Ainsi, l'homme-poisson est tracté à travers les mers, son cœur battant au creux des vagues.

– Est-ce que cet homme existe vraiment ? demande Locki, songeur.

Je lève les yeux au ciel en soupirant.

– Comment savoir ? Les Sylphes ne semblent faire aucune différence entre ce qui est réel et ce qui ne l'est pas. Même pour moi, cette différence devient de plus en plus floue. Si tu m'avais parlé des Sylphes il y a à peine un an, je t'aurais dit qu'ils n'étaient pas réels, alors qu'aujourd'hui...

Je m'interromps.

Je sens un appel. Quelque part, une feuille chante pour moi.

Je grimpe sur la branche supérieure et l'appel se fait plus pressant. Je m'écarte du tronc. Une vibration lumineuse m'emplit tandis que, soulevant une mince branche souple, je la découvre : large feuille d'érable rouge qui chante si fort que ses nervures semblent briller.

Locki me regarde avec curiosité. Je réponds à sa question muette :

– Celle-ci. Celle-ci me parle.
– Et qu'est-ce qu'elle te dit ?
– Attends.

Je tourne autour de la feuille, cherchant le fil invisible de son chant. Le trouve.

Je vivais dans un arbre,
J'étais la plus haute de toutes ses feuilles.
Au-dessus de mon arbre,
Il n'y avait que le ciel, pas de mur ni de seuil.
Avec les autres feuilles,
Nous chuchotions à l'oreille des fées,
Et à celle des hommes,
Qui venaient écouter les oiseaux chanter.
Accrochée tout là-haut, j'écoutais la clameur,
Tous les arbres étaient frères, toutes les feuilles étaient sœurs.

Je suis tombée de mon arbre, toute jaunie du temps passé,
Tombée au pied de mon arbre, ce jour-là devait arriver.
J'ai eu peur d'abord face à l'immensité
De ce sol froid étalé sous mes veines,
En courant près de moi, des enfants sont passés,
Le souffle m'a soulevée, et depuis il m'entraîne.

Je suis une feuille et je danse dans le vent
Virevolte, virevolte, virevolte, virevolte...
Je suis déjà morte, juste une feuille morte,
Pourtant c'est aujourd'hui que j'apprends l'existence ;
Je me vide de ma sève, mais je me sens si forte,
Je pourrirai sous vos pieds, en attendant, je danse !

– Une feuille qui parle d'une feuille ? sourit Locki.

Je ris.

– Apparemment !

Encore une fois, je ne comprends pas pourquoi l'arbre me dit cela. Malgré tout, j'attrape mon carnet, et le chant de la feuille d'érable rejoint les dizaines d'autres déjà collectés. S'y trouvent des pierres qui rêvent, des créatures étranges, des tempêtes qui murmurent et, à présent, une feuille morte qui danse... Les chants de l'arbre me rappellent les histoires de Jonsi, farfelues et touchantes. Comme si sa voix me parvenait par l'entremise des feuilles. Je souris à cette pensée.

Plus aucune feuille ne semble vouloir s'adresser à moi aujourd'hui. L'arbre s'obscurcit et nous décidons de remonter.

– Merci de m'avoir fait partager tout ça, dit Locki en me rejoignant près du tronc principal.

– Merci à toi d'avoir bravé l'escalier pour venir me voir !

Nous échangeons un bref sourire avant d'entamer l'ascension de l'arbre-bibliothèque.

20

Arrivée à la branche plate, je m'immobilise. Une boule de poils vert sombre se tient juste devant nous, au milieu de la passerelle que forme la branche. Soudain, elle se déroule, dévoilant une tête au museau pointu, et se redresse sur ses pattes arrière, sa longue queue d'écureuil enroulée dans son dos.

– Locki ?
– Oui.
– Tu le vois ?
– Oui.
– Enlève ton pendentif.

Locki fait passer la lanière de cuir du pendentif vert par-dessus sa tête.

– Est-ce que tu le vois toujours ? je demande.
– Toujours.
– Donc cette chose n'appartient pas à l'invisible.

Je m'approche doucement, tâchant de ne pas l'effrayer.

– Fais gaffe, June, on ne sait pas ce que c'est.

C'est vrai... mais la bestiole a l'air aussi surprise que nous ! Elle me regarde venir avec des yeux étonnés, comme si elle n'avait jamais vu un être humain.

J'avance ma main vers elle. Elle s'approche et la renifle de son museau de hérisson, puis elle se love contre ma paume et n'en bouge plus. Je l'attrape délicatement et la monte à hauteur de visage.

– Qui es-tu, petite chose ?

– Bii, fait-elle tendrement en laissant entrevoir une langue rouge vif.

Je ne peux m'empêcher de sourire.

– Enchantée, Bii, je suis June.

Elle se roule en boule dans ma main, enfouissant sa tête dans sa fourrure. Locki s'approche pour observer Bii de plus près.

– Elle est mignonne, lâche-t-il en se redressant. Qu'est-ce qu'on en fait ?

– Quelqu'un là-haut sait peut-être ce que c'est...

Locki hausse les sourcils, dubitatif. Je dépose la boule de poils par terre. Elle ouvre un œil, s'étire, puis se déroule et nous fixe.

Je murmure :

– Qu'est-ce que tu veux, toi ? Rester là, ou venir avec nous ?

– Biii, me répond-elle doucement.

Je regarde Locki, amusée.

– Traduction ?

– Partons, dit-il, nous verrons bien ce qu'elle fait...

Nous marchons jusqu'au pied de la spirale. La bestiole penche sa tête à droite, à gauche, puis nous rejoint en quelques bonds.

– Je crois qu'elle nous suit, dis-je.

Nous jetons un œil aux nombreuses marches enroulées au-dessus de nos têtes – lorsque j'ai tenté de déterminer leur nombre, j'ai toujours perdu le compte en cours de route. Avec un soupir résigné, Locki s'engage sur l'escalier.

Parfois, je me suis pris à imaginer d'autres manières moins fatigantes de rejoindre l'arbre ou de remonter. Mais je n'ai rien tenté. Il me semble qu'il faut que j'explore encore et encore cette spirale, jusqu'à pouvoir la parcourir les paupières closes.

Chaque matin je descends ses larges spires et, lorsque j'atteins l'arbre, mon esprit est disponible pour écouter les feuilles. Chaque fin d'après-midi, je les remonte, et je regarde le soir qui s'enroule entre les arbres et s'étale sur le monde comme une couverture.

La question que Locki m'a posée tout à l'heure m'agace. *Depuis quand est-ce que tu ne chantes plus ?* Depuis quand... Je ne saurais le dire. C'était... La question accroche un voile, quelque part dans mon cerveau. Elle y perce un trou, le déchire, laissant entrevoir ce que j'ai oublié. Une voix. Je frissonne. Une voix chantait en moi, ou peut-être au-dehors. Une voix à laquelle je répondais et qui a cessé de battre. Une vague de tristesse me submerge. Cette voix amie depuis longtemps perdue, je la retrouve aujourd'hui dans le chant de l'arbre-bibliothèque, comme un écho, une image vieillie par le temps, à demi effacée. À qui appartient-elle ?

Nous atteignons le Port de la Lune. Je m'efforce de repousser mes idées noires. La petite boule de poils nous a suivis, bondissant joyeusement d'une marche à l'autre. Je m'accroupis, et Bii grimpe le long de mon bras jusqu'à mon épaule, où elle s'installe confortablement comme si c'était la chose la plus naturelle du monde.

Locki sourit.

– Je crois que tu ferais bien de montrer cette bestiole à Johannes…

– Oui, j'y vais. Tu viens avec moi ?

Locki secoue la tête négativement.

– Je vais voir si Gaspard a besoin d'un coup de main sur le bateau.

Nous nous séparons. Je monte jusqu'aux combles – des marches, toujours des marches ! –, le souffle chaud de Bii dans mon cou, et je frappe à la porte du bureau de Johannes.

Les faibles lueurs du crépuscule n'éclairent qu'à peine la pièce mansardée. Johannes travaille. Je m'avance vers le cercle de lumière chaude que dégage la lampe posée sur son bureau.

– Qu'as-tu là ? me demande-t-il en apercevant Bii lovée sur mon épaule.
– Bonne question !

Intrigué, Johannes se lève pour examiner Bii. Je la pose par terre devant nous et elle se déplie une fois encore, plus étonnée que mécontente d'être dérangée dans son sommeil.

À cet instant, la chatte Pénélope sort du coin d'ombre où elle s'était endormie, royale, les yeux fixés sur l'intrus. Méfiante, elle s'approche à pas prudents, le ventre collé au sol et la queue battant l'air. Bii ne se démonte pas, reste debout à mes pieds, alerte, penchant sa petite tête d'un côté et de l'autre. Je m'apprête à intervenir pour la protéger. Johannes me retient et pose un doigt sur ses lèvres pour me suggérer le silence. Pénélope, à qui l'odeur et l'aspect de l'intrus ne semblent pas convenir, souffle dans sa direction, tous poils hérissés. Mais Bii s'avance vers elle et lance un amical :

– Biiiiiii...

La chatte, interloquée, cesse tout mouvement. Même sa queue interrompt ses coups de fouet.

– Biiiii, répète la boule de poils.

Pénélope, rassurée, s'allonge sur le plancher, les yeux mi-clos. Bii la rejoint d'un bond et se colle à son flanc, tache verte sur la robe noire de la chatte. Cette dernière la laisse faire sans broncher et commence à mordiller gentiment la nouvelle venue.

– Ça alors, s'exclame Johannes. Je ne l'ai jamais vue agir ainsi... D'habitude, Pénélope n'aime personne et elle ne fait que tolérer ma présence ! On ne le dirait pas, ajoute-t-il avec un clin d'œil, mais ici ce n'est pas chez moi, c'est chez elle et je suis son invité.

Je souris.

La cloche annonçant le repas résonne deux étages plus bas. Bii ouvre un œil et, voyant que rien ne bouge, le referme aussitôt.

– Tu as une idée de ce que c'est ?

Johannes s'accroupit, regarde un instant la bestiole aux poils vert sombre.

– Pas la moindre idée, dit-il. Je me renseignerai.

Lorsque nous quittons le bureau, les deux animaux s'étirent, se lèvent et se glissent derrière nous dans l'embrasure de la porte. Ils nous quittent rapidement pour aller explorer la maison.

Dans la cuisine, Maxence se lave les mains, créant des rivières sombres sur l'émail blanc de l'évier. Il me salue d'un sourire. Camomille entre, son tablier à la main.

– Où sont passés les garçons ? grogne-t-elle. On appelle, on appelle, mais il y a toujours des petits malins pour croire que les autres peuvent attendre ! La cloche a sonné, et...

Je l'interromps.

– Gaspard et Locki étaient au port. Ils ne l'ont peut-être pas entendue.

– Pas entendu la cloche, pas entendu la cloche, marmonne encore Camomille, c'est la meilleure celle-là…

– Va les chercher, s'il te plaît, me souffle Johannes, nous risquons l'incident diplomatique !

Je réprime un sourire et me faufile hors de la cuisine. Attrapant une veste, je sors de la maison et m'engage d'un pas léger en direction du port. Je ferme d'un geste vif la fermeture Éclair de ma veste et croise mes deux bras sur la poitrine. L'air de la nuit devient plus frais de jour en jour et porte une odeur d'humus qui annonce la fin de l'automne.

Je pousse un léger soupir. Après le repas, il me faudra assister à une énième séance de méditation. À la perspective de me retrouver assise une fois encore dans le bureau de Johannes, sur ce coussin bleu que je commence à haïr, obligée de rester immobile alors que chaque fibre de mon corps aspire au mouvement, j'ai envie de me cacher dans le jardin pour n'en ressortir qu'à l'aube.

Les murs de cumulus et de brume transparente qui bordent le chemin lui donnent un aspect mystérieux qui m'apaise.

Je passe le dernier tournant. Le port apparaît, fantomatique.

Les bateaux tanguent doucement dans le vide, accrochés par de larges amarres aux pontons de nuage. Je distingue les silhouettes de Locki et de Gaspard au bout du ponton principal, à une vingtaine de mètres de moi. Ils sont assis les pieds dans le vide.

Des éclats de voix me parviennent. Sans réfléchir, j'amplifie leurs voix, me concentrant sur l'espace qui sépare leurs silhouettes, comme j'ai appris à le faire depuis cette fameuse nuit où nous avons quitté La Ville. Je m'immobilise en entendant mon nom.

— June est spéciale, dit Locki. Mais moi ? Je ne suis que le frère d'une fille spéciale. Parfois je me demande ce que je fais là.

J'ai l'impression de recevoir un coup de poing. Notre conversation dans l'arbre me revient. *Toi, tu peux faire quelque chose ; alors que moi, je ne peux rien faire.*

Après un temps de silence, la voix de Gaspard lui répond :

— Ta sœur est particulière, c'est vrai. Tout comme chacun de nous l'est. Ce que tu es n'a jamais existé auparavant et n'existera plus jamais après toi.

— D'accord, seulement pourquoi est-ce que je suis là ? insiste Locki.

— Parce que tu l'as choisi.

— Tu veux dire que les Veilleurs n'ont aucun plan pour moi ?

Le rire ample de Gaspard fend la nuit.

– Ha ha ! Je n'ai pas dit ça, et je n'en sais rien. Ils font rarement des confidences ! Ce qui est sûr, c'est que tu ne devrais pas attendre qu'ils te fassent signe pour chercher ce que tu veux devenir. J'ai vécu trente-cinq années avant qu'un Veilleur me contacte.

Me sentant fautive d'écouter une conversation où je ne suis pas invitée, j'interromps l'amplification et prends le temps de respirer avant d'appeler les garçons d'une voix que je voudrais plus assurée. Ils se retournent, surpris de découvrir ma présence. Lorsqu'ils me rejoignent, j'évite de croiser leurs regards et les précède sur le chemin d'un pas rapide.

Il n'y a rien à m'envier, petit frère.

Si tu savais comme je me sens perdue.

21

HIVER

– Moi aussi je veux me battre.

Johannes, en chemin pour l'entraînement matinal, s'immobilise et se retourne vers moi, le visage crispé.

– Pardon ?
– Apprends-moi.

Il me regarde en silence, ses yeux perçants fouillant les miens comme s'il pesait le pour et le contre.

– Pourquoi ?
– Tu enseignes les arts martiaux à Locki parce que tu penses que nous aurons à nous battre. Et moi, qu'est-ce que je suis censée faire si cela arrive ? Me cacher en attendant que ce soit terminé ?

Johannes secoue la tête et se remet à marcher à grandes enjambées. Je dois presque courir pour le suivre.

– June, lâche-t-il, ce n'est pas ce qui est prévu.
Mes mains se mettent à trembler. Prévu ?

– Je me fiche de ce qui est prévu ! je crie. Mais alors complètement ! Je veux apprendre à me battre, je veux apprendre à me défendre sans avoir à compter sur quelqu'un d'autre !

– June, me répond Johannes d'une voix sans appel, tu auras d'autres moyens de te défendre lorsque tu maîtriseras le Souffle.

Nous atteignons le haut des gradins. Mon frère s'échauffe au centre de l'arène. Il nous observe du coin de l'œil. Contrariée de m'être emportée, je me contrains à parler calmement.

– Johannes, cela fait maintenant cinq mois que j'essaie de me servir du Souffle. Et si je n'y arrive jamais ?

– Tu y arriveras.

– Comment peux-tu être sûr que le Souffle me permettra de me défendre ? Tu ne sais pas mieux que moi comment le trouver. Apprends-moi à me battre, s'il te plaît.

– Je vais y réfléchir, lâche Johannes avant de descendre les hauts gradins de pierre sombre sans me gratifier d'un regard.

Lorsqu'il saute sur le sol sablonneux de l'arène, un petit nuage de poussière s'élève dans l'air froid du matin. Il rejoint rapidement Locki.

J'observe mon frère, décelant la fatigue dans sa posture et ses gestes imprécis. Depuis bientôt deux mois, les cauchemars nous poursuivent.

Chaque nuit, des cris, des morts, de la violence. Si nos rêves nous accordent parfois quelques jours de répit, toujours ils reviennent. Nous passons des nuits entières assis sur mon lit à nous tenir éveillés. Mais, à l'aube, le sommeil finit toujours par nous prendre, et chaque fois nous nous réveillons en sueur et tremblants, plus épuisés que si nous n'avions pas dormi. Sans nous concerter, nous n'en avons parlé à personne. Je ne peux m'empêcher de penser que ce que j'y vois arrive vraiment, quelque part dans le monde.

Je soupire. La Ville me manque. Et Nanou, et Mel, et les filles. Il ne se passe pas un jour sans que je pense à eux. Ce que je fais ici, je le fais pour moi, pour Locki, mais aussi pour eux. Pour que ce monde soit moins dur, moins violent. Pour que ce que je vois en rêve ne leur arrive jamais. C'est leur souvenir qui me donne la force de continuer à chercher le Souffle. Ne pas parvenir à le trouver est d'autant plus amer. Comme si je les trahissais.

– Biii, fait une petite voix à mes pieds.
– Tiens, tu es là, toi.

Dressée sur ses pattes arrière, la boule de poils me fixe avec un air de reproche.

– Oui, je sais, c'est l'heure de descendre voir l'arbre.

Je me penche pour permettre à Bii de grimper sur mon épaule et, après un dernier coup d'œil à Locki et Johannes, je tourne les talons.

« Ce n'est pas ce qui est prévu »... Prévu par les Veilleurs, évidemment, bien à l'abri sous les parois de leur montagne. Des Veilleurs incapables de me donner la moindre information utile concernant le Souffle ! Je sens les muscles de mes mâchoires se tendre sous l'effet de la colère, cette colère qui devient depuis quelque temps le socle de mon état d'esprit et que la fatigue ne parvient pas à éteindre.

Bii se glisse sous mon écharpe, boule de chaleur réconfortante enroulée contre mon cou. Depuis le jour où nous l'avons trouvée, elle ne m'a pas quittée. Les Veilleurs n'ont pas su déterminer à quelle espèce elle appartenait. Je souris – un sourire dur que je ne me connaissais pas. L'ego des Veilleurs a dû être méchamment entamé ces derniers temps : incapables d'empêcher la disparition des Sylphes, incapables de m'aider dans mes recherches, et voilà maintenant qu'ils découvrent une espèce animale dont ils ne connaissent pas l'existence, eux, les soi-disant détenteurs de tous les savoirs oubliés... Cette revanche sur ceux qui tirent dans l'ombre les ficelles de ma vie me fait étrangement plaisir.

22

Au cœur de la montagne, sous la coupole de la salle des Mystères, les neuf Veilleurs et leurs trois apprentis étaient réunis pour le conseil. Seule une torche au centre du Cercle éclairait leurs visages.

Le Veilleur d'Alchimie exposait les résultats de ses travaux sur la transmutation – opération qui consiste à changer des métaux ordinaires en or pur. Il était devenu Veilleur quelques mois auparavant, à la mort de son maître, et tentait de prouver à l'assemblée qu'il méritait sa place. Malheureusement, son exposé était d'un tel ennui que, malgré toutes ses gesticulations, il ne parvenait pas à capter l'attention de ses pairs.

Le Veilleur de Lumière le regarda avec indulgence. Il n'était pas facile pour les jeunes de faire leur place au sein du Cercle. Lui-même avait mis plusieurs années à se sentir à l'aise. Et à l'époque, les temps étaient bien moins troublés que ceux qu'ils étaient en train de vivre.

Des chuchotements à sa gauche attirèrent son attention. Les inséparables Mydral et Sebastian, respectivement Veilleur de Communication et Veilleur de Pensée, complotaient à voix basse, laissant de temps à autre échapper un rire bref et réjoui.

Le Veilleur d'Alchimie acheva enfin son intervention et demanda l'autorisation de poursuivre ses recherches – ce que l'assemblée s'empressa de lui accorder –, puis il retourna s'asseoir à sa place, si vite qu'il manqua de trébucher. Un court silence flotta dans la salle des Mystères.

Sebastian en profita pour se tourner vers le Veilleur de Lumière. Sa chemise de satin noir luisait à la lueur de la grande flamme. Il lança d'une voix suffisamment forte pour que tous l'entendent :

– Dites-nous, Alexis, qu'en est-il de votre petite protégée ? A-t-elle fait quelque progrès ?

La question réveilla le Veilleur du Cosmos – doyen du Cercle dont l'âge respectable avoisinait les deux cent quatre-vingt-dix ans. Il avait jusque-là somnolé dans son fauteuil, les deux mains reposant sur son ventre à la rondeur aussi vénérable que son âge. À présent alerte, il guettait la réponse d'un air attentif.

– Rien de significatif, lâcha le Veilleur de Lumière. Dans le cas contraire, je vous en aurais avertis.

Sebastian hocha la tête doucement, mais l'éclat calculateur de son regard montrait qu'il n'en avait pas terminé.

– *Combien de temps cela fait-il ? reprit-il d'un ton mielleux et lourd de sous-entendus.*

– *Combien de temps cela fait-il que quoi ? demanda le Veilleur de Lumière, tendu.*

– *Que June se trouve au Port de la Lune ? Un peu plus de cinq mois, à présent ; c'est bien cela ? Et vous nous dites qu'elle n'a encore fait aucun progrès significatif ?*

Le Veilleur de Lumière acquiesça, le visage impénétrable.

– *Ne faudrait-il pas revoir votre méthode ? ajouta Sebastian d'une voix innocente.*

Le Veilleur de Lumière faillit s'étouffer d'indignation. Comment Sebastian osait-il ? Lui qui n'avait pas levé le petit doigt lorsque la première Source s'était éteinte, et qui n'avait participé à aucune expérience pour tenter de rétablir l'équilibre ? Il parcourut le Cercle des yeux. Les visages tournés vers lui portaient le masque d'une attention polie, mais il décelait sur certains d'entre eux une discrète touche de scepticisme, proche du mépris.

Les mains du Veilleur de Lumière se crispèrent sur les accoudoirs de son fauteuil. Son regard croisa les yeux de glace de dame Élise, Veilleur du Minuscule. Assise bien droite sur son petit fauteuil de velours bleu, ses longs cheveux gris relevés en un chignon compliqué, elle ajusta sa robe prune d'un geste délicat et lui adressa un sourire d'encouragement. Alors, d'un mouvement parfaitement maîtrisé, le Veilleur de Lumière se dressa de toute sa hauteur et, d'un rugissement puissant qui s'enroula sous le dôme millénaire, il laissa éclater sa colère :

— Tous autant que vous êtes, malgré l'étendue de vos connaissances, vous êtes incapables d'aider June ! Alors ne lui reprochez pas d'avancer lentement ! Avez-vous oublié la gravité de la situation ? Le monde des hommes agonise, gagné par le chaos. Et malgré vos vies prolongées, vous êtes, nous sommes tous des hommes, et nous agoniserons bientôt comme eux, engloutis par nos erreurs comme le furent nos ancêtres, emportant dans l'oubli éternel leurs savoirs devenus inutiles !

Un silence lourd succéda à cette déclaration. Le visage de Sebastian avait perdu de sa superbe et il fixa le plancher, subitement intéressé par les rainures du bois.

— June progresse à tâtons, conclut le Veilleur de Lumière d'une voix sourde, et je fais tout ce qui est en mon pouvoir pour l'aider. Vous ne pouvez pas en dire autant.

Puis il se rassit tranquillement, sans un regard pour ses confrères.

Après un long silence, le doyen finit par demander si quelqu'un avait quelque chose à ajouter et, en l'absence de réponse positive, il clôtura rapidement la séance.

Le Veilleur de Lumière parcourut d'un pas énergique les étroits couloirs de marbre menant à son cabinet, Nathanaël sur ses talons.

– *Il était temps que quelqu'un les secoue un peu !* s'exclama celui-ci avec un sourire ravi lorsque le Veilleur eut refermé derrière eux la porte du cabinet. *Ils se sont drôlement ramollis ces derniers temps...*

– *Lorsque tu seras Veilleur, tu seras libre de dire ce que tu voudras,* lui rétorqua le vieillard d'une voix bourrue. *En attendant, jeune homme, modère ton langage.*

Cependant, son apprenti avait trouvé les mots justes. Les Veilleurs s'étaient ramollis. Malgré la fatigue qu'il sentait couler en lui un peu plus chaque jour, le Veilleur de Lumière pensa qu'il était urgent que cela change.

Alors qu'il s'asseyait derrière son bureau, il sentit un bourdonnement autour de son poignet. Il releva la manche de sa robe et jeta un coup d'œil à la combinaison de couleurs qui s'affichait sur son bracelet doré. Johannes. Il secoua son poignet pour activer la communication. La voix du Gardien s'éleva dans la pièce.

– *Maître.*

– *Bonjour, Johannes. Quelles sont les nouvelles ?*

– *June veut pratiquer les arts martiaux.*

Le Veilleur sourit.

– *Je me doutais qu'elle finirait par le demander.*

– *Je ne suis pas sûr qu'elle puisse se permettre ce genre de récréation.*

Le Veilleur soupira.

– *Elle seule peut trouver le chemin du Souffle. Si elle souhaite apprendre à se battre, eh bien, apprends-lui.*

– *Très bien, répondit immédiatement la voix du Gardien. Je souhaitais juste...*

– *... qu'on ne puisse rien te reprocher ! Tu es le plus sage de nous deux, Johannes !*

– *Souhaitez-vous vraiment que je poursuive les séances de méditation ? ajouta le Gardien.*

Le Veilleur comprit immédiatement pourquoi il posait cette question.

– *Cela m'est aussi douloureux qu'à toi de la voir souffrir. En s'astreignant à l'immobilité, June rejette le Souffle, qui ne supportera pas d'être contraint et voudra sortir. C'est le but. Que June trouve le Souffle en elle parce qu'elle ne pourra plus le contenir.*

– *Cela s'apparente à de la torture.*

– *À moins qu'elle ne refuse les séances de manière catégorique, éluda le Veilleur, continue.*

– *Bien. Une dernière chose. June m'a encore demandé quand elle pourrait contacter sa tante... Peut-être est-il temps ?*

Le Veilleur soupira. Était-il judicieux de révéler la vérité à Johannes ? Il décida que oui.

– *Sa tante sait exactement où se trouve June et comment elle se porte, déclara-t-il.*

Un silence prudent lui répondit. Johannes se racla la gorge :

– *Et que dois-je dire à June ?*

– *Que sa tante sait qu'elle va bien.*

– *Et vous croyez que cela lui suffira ? Maître, vous la connaissez aussi bien que moi...*

Le Veilleur passa une main sur sa nuque.

– *Tu as raison, lâcha-t-il enfin. Temporise, évite le sujet pour l'instant.*

Et, secouant une nouvelle fois son poignet, il coupa la communication. Lorsqu'il leva les yeux, ce fut pour voir Nathanaël hocher la tête, l'air mécontent.

– *Je t'écoute, lança le Veilleur en réprimant un soupir.*

– *Cela ne m'étonne pas que June se sente perdue, lança Nathanaël.*

– *Comment cela ?*

– *June ignore que sa tante fait partie des Gardiens, elle ignore aussi que vous l'observez chaque jour, elle ignore que ma mère et moi avons vécu près d'elle pendant son enfance et, surtout, elle ignore comment la première Source s'est éteinte...*

Le Veilleur se leva de sa chaise, étonné.

– *Tu sais comment la première Source s'est éteinte ?*

Le jeune homme baissa la tête.

– *J'ai lu les registres, avoua-t-il à mi-voix.*

– *Tu as bien fait. Il était important que tu saches cela. Mais pourquoi ne m'en as-tu jamais parlé ?*

– *Je n'ai pas osé, maître.*

Le Veilleur de Lumière, se rassit, songeur. Il posa les deux coudes sur son bureau et croisa les doigts.

– *Nathanaël, si je cache des choses à June, c'est que j'essaie de la protéger.*

Mais dans un cruel sursaut de lucidité, il apparut au Veilleur que c'était lui-même qu'il cherchait à protéger. Il se protégeait de la colère de June.

23

– June, je veux te voir demain matin dans l'arène au lever du soleil.

Je lève aussitôt la tête de mon assiette, surprise.

– Ça veut dire que tu vas m'apprendre à me battre ? je demande.

– En effet.

Un sourire ravi fend mon visage.

– Quoi ? s'exclame Camomille. Mais elle est épaisse comme un coquelicot, vous allez me la casser en deux !

Johannes s'essuie la bouche avec un coin de sa serviette.

– Ne t'inquiète pas, dit-il en m'adressant un clin d'œil, June est plus solide qu'il n'y paraît.

Excitée, je me tourne vers Locki :

– Nous allons nous entraîner ensemble !

Il me lance un regard glacial par-dessus la table.

– Oui, super, répond-il à voix basse.

Un grand poids tombe brutalement sur ma poitrine. Jamais il ne m'a parlé avec une telle rage.

– Ça te pose un problème, Locki ? s'inquiète Johannes.

– Comme si ça changeait quelque chose, marmonne Locki.

Devant le mutisme de mon frère, Johannes insiste :

– Si tu ne dis rien, personne ne le fera à ta place.

Mais Locki n'ajoute pas un mot. Refermé sur lui-même, dos voûté et tête baissée, il termine son assiette en mâchant lentement. Quant à moi, impossible d'avaler quoi que ce soit. Je cherche le regard de mon frère sans le trouver. Qu'est-ce que j'ai fait pour le mettre dans un état pareil ? Locki, regarde-moi...

À peine Camomille esquisse-t-elle le geste de se lever pour débarrasser que Locki s'empare des plats et les porte dans la cuisine. J'entends ses pas dans l'escalier. Marches qui craquent. Claquement de porte. Dans la salle à manger, personne n'a bougé.

– Sais-tu pourquoi il réagit ainsi ? me demande doucement Johannes.

Sans répondre, je me lève à mon tour et m'engouffre dans les escaliers. Arrivée à la chambre de Locki, je frappe une fois. Deux fois. Pas de réponse.

– Locki, je peux entrer ?

J'entrouvre la porte. Locki est assis sur son lit, dans le noir, les genoux repliés contre son torse. J'entre.

– Locki, qu'est-ce qui se passe ? Parle-moi.
Silence. Je m'accroupis, le force à me regarder.
– Qu'est-ce que tu as ? Qu'est-ce que j'ai fait ?
Il daigne enfin m'adresser un regard noir.
– Tu me voles le seul truc que j'avais, lâche-t-il rageusement. La seule chose que je savais faire et pas toi.
– Mais qu'est-ce que tu racontes ? Il y a des tas de trucs que tu fais mieux que moi, et...
– Ah oui, quoi donc ?
– Grimper, escalader, courir, dis-je en lançant tout ce qui me passe par la tête, tu as une mémoire qui défie l'entendement, tu es capable de forcer n'importe quelle serrure...
Locki lève les yeux au ciel comme si tout cela n'avait aucune importance. Je soupire.
– Pour ce qui est de mes prétendus pouvoirs, crois-moi, je préférerais ne jamais... Je n'arrive à rien, Locki. Je n'ai pas demandé à Johannes de participer aux entraînements pour t'enlever quoi que ce soit. C'est juste que je deviens folle, toute seule en bas, heureusement qu'il y a Bii... J'ai besoin de progresser dans un domaine, n'importe lequel. Les arts martiaux ou autre chose, ça m'est égal.
– De toute manière, lâche-t-il amèrement, Johannes n'en a que pour toi.
– Oh, Locki...
Je comprends enfin. Depuis notre arrivée, j'ai bien remarqué que Locki recherchait la présence et l'affection de Johannes et de Gaspard.

Lui qui a grandi entouré de femmes s'est d'un coup retrouvé en présence de deux hommes charismatiques qui auraient l'âge d'être son père. Gaspard, géant bricoleur aimant plaisanter et capable de raconter des histoires incroyables à propos de ses voyages lointains, et Johannes, la maîtrise incarnée, à l'intelligence aussi finement affûtée que ses coups. J'ai quelques souvenirs de mon père. Mais est-ce que Locki se souvient seulement de lui ? Ce vide que l'absence de nos parents a créé en nous ne disparaîtra probablement jamais. Cela n'empêche pas d'essayer de le combler.

– L'entraînement du matin, murmure Locki, était le seul moment où je l'avais à moi tout seul.

Sa colère semble s'être envolée avec son aveu. Reste la tristesse.

– Je suis désolée, je ne voulais pas...

Je reste un moment accroupie devant son lit, immobile, puis je décide de le laisser tranquille. Au moment où je passe la porte, j'entends dans mon dos la voix frondeuse de mon frère :

– Prépare-toi à bouffer du sable.

Un ruban de joie se met à tournoyer dans mes poumons. Locki est de retour.

En refermant la porte, je murmure avec un sourire aux lèvres :

– C'est ce qu'on va voir, petit frère.

24

— Bouge, June, bouge !
La voix de Johannes claque à mes oreilles. Tout en restant concentrée sur Locki, je me mets en mouvement.

Ce matin, l'air est froid et sec. Après un mois et demi d'entraînement, c'est la première fois que nous nous battons vraiment.

Je réprime l'excitation qui s'empare de moi et respire lentement pour calmer les battements de mon cœur.

A priori, dans ce combat, je suis désavantagée. Locki est plus grand, plus fort et a commencé l'entraînement bien avant moi. A priori. Car la force n'est pas tout.

Je plie un peu plus mes genoux pour gagner en stabilité. J'essaie de deviner les intentions de mon frère. Il me jauge aussi, ses yeux rougis par le froid sont rivés à mes coudes – surveiller les coudes permet de détecter le mouvement vers l'arrière que dessine le bras avant de porter un coup et de parer de manière efficace. Mais, bien sûr, l'adversaire peut feinter.

Nous nous déplaçons en cercle au centre de l'arène, l'un en face de l'autre, à l'affût. Locki semble confiant, trop peut-être. Les lueurs rasantes de l'aube colorent le sable d'une teinte orangée. Mes pieds se posent au sol, légers, d'abord la pointe, puis le talon. Maintenir la pression sur les orteils, toujours, pour être prête à réagir à n'importe quel mouvement de l'adversaire. On se bat avec ses pieds – ce que nous répète Johannes à longueur d'entraînement. Si tu sais te déplacer, personne ne pourra te toucher.

Quelques coups fusent sans m'atteindre. Je ne dois pas laisser Locki me tester trop longtemps.

Une ouverture dans sa garde : mon poing jaillit et touche son visage. Je profite de sa surprise pour enchaîner avec une série rapide de directs, mais il pare le troisième et, d'un coup de pied, m'oblige à baisser les bras pour me protéger.

Avant d'avoir le temps de comprendre ce qu'il m'arrive, je me retrouve allongée au sol, le visage contre le sable, un genou de Locki dans mon dos, mes deux bras emprisonnés en arrière. J'essaie de me dégager. Une vive douleur transperce mon épaule. Il suffirait à Locki de mettre un peu plus de pression pour faire éclater mes articulations. Je cesse de bouger, acceptant la défaite.

– Recommencez, lance Johannes.

Locki me relâche et me lance un clin d'œil ravi. Je ne me ferai pas avoir deux fois.

Nous commençons à tourner. Prenant l'initiative, je plonge sous son bras gauche, me redresse derrière lui en enroulant mes bras autour de son ventre, et pivote sur mon pied droit. Collée contre le dos de Locki, je le serre de toutes mes forces. Puis d'un coup précis à l'arrière de ses jambes, je l'oblige à tomber à genoux et développe aussitôt une prise d'étranglement autour de son cou.

Locki roule sur lui-même pour se dégager. Je m'accroche.

– Alors, petit frère, je lui murmure à l'oreille, un problème ?

Il me répond par un grognement étouffé. Je relâche mon étreinte. Les deux mains appuyées sur ses jambes, il reprend son souffle un instant, puis me lance un regard noir avant de se remettre debout. Nous secouons nos vêtements couverts de sable. Un cri de Johannes nous ramène face à face.

Locki commence par une série de coups de poing si rapide que je ne peux que parer du mieux possible. Comment parvient-il à accélérer ainsi ?

Je recule d'une dizaine de pas, et les gradins se rapprochent dans mon dos. J'essaie de pivoter pour repartir dans une autre direction. Locki m'en empêche. La sueur coule dans mon dos, plaque ma tunique contre ma peau.

Acculée au bord de l'arène, j'inspire profondément et, sans réfléchir, je tends mon bras devant moi, la paume de ma main ouverte dirigée vers la poitrine de mon adversaire.

Après un vol plané de cinq mètres en arrière, Locki atterrit violemment sur le sol. L'impulsion me fait reculer et je tombe sur la première marche des gradins. Je regarde ma main toujours tendue devant moi, puis mon frère qui tente de se redresser, l'air désorienté.

Je me précipite vers lui, suivie de peu par Johannes.

– T'as bouffé du lion, moineau ? me lance celui-ci en prenant le bras de Locki.

Sans attendre de réponse, il l'aide à se relever. Locki est indemne.

– Qu'est-ce que tu as fait ? me demande-t-il d'une voix blanche.

Je regarde à nouveau ma main, essayant de reconstituer l'enchaînement de mes actions. J'inspire, bloque ma respiration et, en expirant, je lance ma main en direction du sol. Je la lance vraiment, comme si elle pouvait se détacher de mon bras, et je sens un afflux de chaleur la traverser.

Les grains de sable à mes pieds sursautent et s'éparpillent.

– Ça, je réponds.

Une joie intense monte en moi. Je me suis servie du Souffle ! Deux fois ! Puis je me laisse tomber sur le sol au bord de l'évanouissement.

J'ai froid. Je me force à bouger pour faire circuler le sang. Au bout de quelques minutes, la sensation d'engourdissement se dissipe et je me relève.

– « Ça » ? répète Locki avec un petit sourire en désignant le sable de l'arène. Eh bien « ça » me semble plutôt prometteur.

Prometteur, oui.

25

– Entrez.

La porte du cabinet s'ouvrit, laissant passer Nolian, le Veilleur de Mort, son long manteau noir balayant le sol. Le Veilleur de Lumière jeta un coup d'œil inquiet à Nathanaël mais, assis derrière son chevalet, le garçon salua le nouveau venu d'un hochement de tête respectueux, sans montrer le moindre signe d'agitation.

Le Veilleur de Mort – étrangement nommé pour quelqu'un dont l'étude principale était la médecine et le prolongement de la vie – était le père de Nathanaël. Lorsqu'il avait commencé son apprentissage, celui-ci avait eu beaucoup de mal à côtoyer ce père intimidant qu'il n'avait jamais connu. Il semblait à présent s'y être habitué.

Le Veilleur de Lumière se tourna vers son confrère et l'invita à s'asseoir. L'homme prit place devant le bureau dans un fauteuil recouvert de velours vert. Les doigts de sa main droite commencèrent aussitôt à lisser sa courte barbe aux reflets roux.

– *Qu'est-ce qui t'amène, Nolian ?*

Sans un mot, Nolian glissa une main à l'intérieur de son manteau. Il en sortit un rouleau de papier et l'étala sur le bureau qui séparait les deux hommes. Le Veilleur de Lumière se pencha sur la carte.

Elle comportait des différences notables avec celle qu'il avait établie quelques mois plus tôt. Par-dessus l'habituel tracé des mers et des continents, elle mettait en évidence de zones isolées, colorées de vert. Tout le reste, excepté quelques endroits laissés en blanc, était d'un orange foncé uniforme.

– Le chaos progresse plus vite que je ne l'imaginais, constata le Veilleur de Lumière, soucieux.

Il examina de plus près le document étalé devant lui. Les zones vertes étaient celles où de l'harmonie subsistait. Les plages orange, au contraire, désignaient les régions sous l'influence du chaos. Les quelques taches blanches recouvraient des endroits où il n'avait pas été possible de recueillir suffisamment d'éléments pour évaluer la situation. Il s'agissait en général de lieux inhabités.

Cette carte, comme la précédente, avait été établie en fonction de multiples données, allant du nombre de crimes commis à l'apparition de créatures difformes ou l'extinction d'espèces végétales. Les grands arbres étaient particulièrement touchés.

Le Veilleur de Lumière appela son apprenti. Nathanaël approcha avec curiosité et appuya ses coudes sur le bureau pour étudier à son tour le document.

Après un court instant, il jeta un bref regard à son maître pour demander l'autorisation de poser une question.

Le Veilleur l'y invita.

– Si les Sylphes ont disparu, lança le jeune homme, comment se fait-il que l'harmonie ne se soit pas dissoute avec eux ? Des poches d'harmonie subsistent. La plupart sont minuscules, et nous pouvons raisonnablement penser qu'elles ne sont que des résidus amenés à disparaître, mais... (il désigna cinq points de la carte) celles-ci sont bien plus conséquentes.

Les deux Veilleurs échangèrent un regard. Ils ignoraient comment cela était possible.

Nolian pointa à son tour l'une des taches vertes, qui s'étendait à l'ouest d'un grand continent, et dit simplement :

– June.

Le Veilleur de Lumière opina. La jeune fille se trouvait là, à proximité d'une Source.

Ses yeux scrutaient la carte. Il regarda l'emplacement des deux autres Sources. Une minuscule tache verte recouvrait l'île du Nord, mais, à l'est, la ville où se situait la dernière Source et ses alentours étaient uniformément recouverts d'orange.

Nolian se leva pour prendre congé.

– Oh, j'allais oublier, murmura-t-il *en glissant sa main dans l'une des nombreuses poches de son long manteau noir, d'où il ressortit une petite fiole remplie d'un liquide doré qu'il posa à côté de la carte.*

Le Veilleur de Lumière rangea la potion de longévité dans un tiroir.

– Ne tarde pas à la prendre, Alexis, lui conseilla Nolian *en tournant les talons.*

Le Veilleur de Lumière surprit le regard de Nathanaël sur le dos de son père.

– Tu es toujours troublé quand tu le vois, n'est-ce pas ? demanda-t-il *lorsque le Veilleur de Mort fut sorti.*

Nathanaël haussa les épaules et se laissa tomber lentement dans le fauteuil que venait de quitter Nolian. Il resta silencieux un moment, puis il se mit à parler sans regarder le Veilleur de Lumière :

– Encore un peu, oui. Quand j'étais petit, ma mère ne parlait jamais de mon père même si je savais qu'elle pensait à lui. Et depuis que je suis arrivé ici, il ne m'a pas adressé la parole une seule fois. Comme s'il ne voulait pas admettre que je suis son fils.

– Parfois, expliqua le Veilleur de Lumière *d'une voix douce, les plus beaux souvenirs sont ceux que l'on préférerait enfouir tant ils font mal. Je ne cherche pas à l'excuser, mais je crois que ta présence éveille en Nolian ce type de souvenirs. Laisse-lui du temps.*

Nathanaël acquiesça avec une moue désabusée, puis il regagna son chevalet et se replongea dans le texte qu'il était en train d'étudier avant l'arrivée de son père.

Le Veilleur de Lumière déboucha la petite fiole de Nolian et avala d'un trait le liquide qu'elle contenait. Le goût amer de la potion lui arracha une grimace qui déforma un instant ses traits, jusqu'à ce que l'habituelle sensation de bien-être tiède se répande en lui, et son visage se détendit.

26

Maxence n'est pas dans le jardin. C'est bien la première fois que je ne l'y trouve pas en remontant de l'arbre-bibliothèque. Je me dirige à travers la brume vers la lumière du porche que Camomille n'oublie jamais d'allumer pour nous guider lorsque le jour commence à décliner. Je débouche sur l'esplanade devant la maison, lorsque j'aperçois près de la fontaine d'émail le profil d'une silhouette familière se découper sur le fond gris clair d'un mur de nuages. Un sourire monte irrésistiblement à mes lèvres, et quelques larmes avec lui, que je repousse en battant des cils.

Nanou.

Très droite et digne, le menton haut malgré le froid, ses abondants cheveux gris rassemblés dans un chignon impeccable, elle croise ses bras sur le long manteau sombre joliment ajusté autour de sa taille.

Nanou.

Là, à vingt pas de moi.

Elle tourne la tête dans ma direction, et en croisant cet éclat de dureté qui ne quitte jamais son regard, je me rends compte à quel point elle m'a manqué.

Nanou s'approche à grands pas et c'est à peine si elle ralentit avant de me prendre dans ses bras. Je m'abandonne à la tendresse maladroite de ce contact.

Lorsque nous nous écartons l'une de l'autre, elle sourit en me regardant de haut en bas. Je devine ce qui la fait ainsi sourire. Mon uniforme noir a évolué. Je n'y suis pas pour grand-chose : les vêtements que j'ai trouvés ici étaient plus féminins que ceux que je portais auparavant. Des tuniques cintrées à capuche, taillées dans un tissu léger et étonnamment isolant, ont remplacé mes tee-shirts et mes sweats. Mon jean noir, sans être moulant, laisse voir la forme de mes cuisses fuselées par la pratique des arts martiaux, et des bottines de cuir souple se sont substituées à mes baskets. Le gros manteau d'hiver est le seul vêtement que j'ai conservé de ma vie auprès de Nanou.

Son regard approbateur me fait rougir et je serre mon manteau autour de moi.

Nanou est fidèle à mon souvenir. La peau pâle de son visage est traversée par les mêmes ridules, fragile toile d'araignée qui s'échappe du coin de ses paupières pour rejoindre son front et ses joues. Ses yeux de jade m'observent avec une douceur qu'elle n'a jamais destinée qu'à moi et à Locki. Sa présence est comme du chocolat chaud, douce et réconfortante.

Je balbutie :

– Mais que... tu...

Elle pose un doigt sur mes lèvres.

– Rentrons nous mettre au chaud.

Nous parcourons en silence les quelques pas qui nous séparent de la maison. Une théière nous attend sur la table du salon. Des effluves de jasmin s'en échappent.

Nanou enlève son manteau, dévoilant une longue robe aux flamboyantes couleurs d'automne, et le pose sur le dossier d'une chaise avant de s'asseoir à côté de moi sur le canapé. Elle me regarde, devinant mes questions. Ne sachant par laquelle commencer, je me contente de servir le thé, et c'est finalement elle qui prend la parole :

– Tu crois vraiment que je vous aurais laissés partir si je n'avais pas connu l'existence des Veilleurs ? Je savais que si tu ne les trouvais pas, dit-elle, ils viendraient à toi.

D'un coup, ma tante m'apparaît sous un jour nouveau.

– Gardienne... dis-je doucement.

– J'imagine que ce que je sais fait de moi une Gardienne, oui, acquiesce Nanou.

– Depuis combien de temps ?

– Depuis le jour où vous êtes venus habiter chez moi. L'un d'eux m'a prise à part et m'a raconté ce qu'il fallait que je sache.

– Et tu l'as cru ?

– Tu les as crus aussi, il me semble. Ils ont des arguments plutôt convaincants.

Je balaie la pièce du regard.

– Pourquoi Camomille et Johannes ne sont-ils pas là ? J'aimerais te les présenter…

– Ils ne se montreront pas. Je ne suis pas censée connaître l'identité des autres Gardiens, excepté celui qui me sert de contact avec les Veilleurs et qui m'a amenée jusqu'ici.

Voici des règles que je ne connaissais pas. Combien y en a-t-il encore que j'ignore ?

Le cliquetis de la porte d'entrée retentit et, un instant plus tard, Locki apparaît. Un sourire s'allume dans ses yeux lorsqu'il aperçoit Nanou. Il se précipite pour l'embrasser. Enfin, il se précipite à la manière de Locki, c'est-à-dire qu'il traverse la pièce d'un pas rapide et silencieux.

Qu'il est étrange d'être ici tous les trois alors que tant de choses ont changé. Il me semble que les années passées dans l'établissement font partie d'une autre vie. Je demande des nouvelles des filles.

– Elles vont bien. Si elles avaient su où je me rendais, elles m'auraient sûrement chargée de vous transmettre des baisers de leur part. Pour elles, ce sont actuellement des sortes de… vacances.

– Comment cela ? s'étonne Locki.

Ma tante nous explique très calmement que le conseiller Moklart est revenu plusieurs fois après notre départ. Il a fait fouiller l'établissement de fond en comble et, chaque fois, il est reparti bredouille. Je n'étais plus là. De dépit, il a obligé ma tante à fermer.

Cette nouvelle génère en moi des sentiments contradictoires. Lorsque j'habitais l'établissement, je me posais peu de questions – pas que je sois naïve, mais j'étais habituée à cet endroit. Depuis que je suis loin, je repense souvent aux filles. Je me demande ce qui les a contraintes à entrer chez Nanou et quel est son rôle dans tout cela. Même si elle veille sur les filles et les protège, c'est elle qui les choisit. Des filles à peine plus âgées que moi. Je sais quelle importance l'établissement revêt pour ma tante, et je suis désolée pour elle qu'il ait fermé. Mais j'en suis plutôt contente pour les filles.

– Il a pris cette décision sous le coup de la colère, reprend Nanou. L'établissement va rouvrir, ce n'est qu'une question de temps. J'ai un certain nombre de clients influents que cette fermeture dérange. Et, à vrai dire, elle dérange aussi le conseiller. C'était un client régulier.

Je détourne la conversation :

– Les préparatifs de la fête du printemps ont-ils débuté ?

– Les chars commencent à peine à se construire.

Nous continuons à parler jusqu'à ce qu'au-dehors la nuit se blottisse contre les vitres des fenêtres. Avant de nous quitter, elle nous serre contre elle. Je surprends l'étincelle de fierté qui pétille dans ses yeux alors qu'elle nous regarde, sur le pas de la porte.

Tandis qu'elle disparaît dans l'obscurité au bout de l'esplanade, je me rends compte que je n'ai pas pensé à demander des nouvelles de Mel. Mel fait partie de cette autre vie. Révolue à présent. Et bien qu'une légère mélancolie s'enroule en moi à cette pensée, cela ne me rend pas triste.

27

Hier soir, pendant la séance de méditation, j'ai perdu connaissance. Quand j'ai rouvert les yeux, je me trouvais dans les bras de Johannes et il me déposait sur mon lit. Il m'a ordonné d'une voix ferme :

– Demain, tu te reposes. Pas d'entraînement, pas d'arbre. C'est clair ?

Lorsque j'ai tenté de protester, Camomille a ajouté depuis l'encadrement de ma porte :

– Hors de question que je te voie en bas avant onze heures, moineau ! Non mais...

Bon. Face à Camomille, il n'y a pas à discuter. J'ai enfoui ma tête dans l'oreiller et me suis aussitôt endormie. Pour une fois, aucun cauchemar n'est venu troubler mon sommeil.

Je jette un coup d'œil au réveil posé sur le bois clair de la table de chevet. Onze heures et demie. Au moins, Camomille ne pourra rien dire.

Sans crier gare, Bii saute sur mon lit en poussant des cris joyeux.

– Oui, oui, je suis réveillée ! Moi aussi, je suis contente de te voir.

La boule de poils se glisse sous la couette et cherche ma main pour recevoir des caresses. Je m'exécute de bonne grâce, suscitant des pépiements ravis.

Un rideau couleur framboise voile à peine la lumière qui se déverse dans ma chambre. Je referme les yeux, essayant de comprendre ce qui s'est passé hier.

J'étais assise sur l'habituel coussin de soie bleue, dans le bureau de Johannes. Seules les lueurs tremblotantes de trois bougies repoussaient l'obscurité. À côté de moi, Locki méditait, aussi immobile que Johannes, assis un peu plus loin.

Comme à chaque séance, j'ai rapidement senti une faille apparaître dans ma concentration. Un picotement de plus en plus intense s'est répandu dans mes muscles jusqu'à ce que je ne puisse plus l'ignorer.

Bouger. Besoin de bouger.

Je me suis forcée à relâcher mes muscles les uns après les autres, et l'envie de me lever pour courir et sauter dans tous les sens a lentement reflué. Je savais que ce répit ne durerait pas – il ne dure jamais.

Une poignée de secondes plus tard, les picotements ont repris, redoublant de violence. Je me suis mise à trembler sans pouvoir m'arrêter, les mains d'abord, puis les bras.

Mon ventre s'est furieusement contracté et j'ai senti le sang quitter peu à peu les extrémités de mon corps.

Je sais que, lorsque j'atteins ce stade, il ne me reste plus qu'une chose à faire pour dénouer mes tensions : bouger.

Mais cette fois, je n'ai pas bougé.

Pourquoi ?

J'ouvre les yeux et la clarté de ma chambre s'y précipite. Je m'assieds sur mon lit. Le souvenir de la douleur me donne des frissons glacés.

Non, je n'ai pas bougé, parce que j'ai senti quelque chose de nouveau, là, cinq centimètres au-dessus de mon nombril. Une bille brûlante qui irradiait dans mon ventre, et cette bille a grossi, grossi, jusqu'à la frontière de ma peau, épousant parfaitement la forme de mon corps.

Soudain, une vague de chaleur intense s'est précipitée vers mes mains. Je me souviens de leur avoir jeté un coup d'œil inquiet, et, étonnée de les trouver indemnes alors que je m'attendais à contempler ma chair calcinée, j'ai fait jouer mes doigts doucement, mes paumes tournées vers le plafond. Puis, plus rien. Noir. Rideau.

Je sors ma main de sous la couette et la regarde un instant avant de la poser en haut de mon ventre, là où est apparue la bille de chaleur. Une étincelle fugitive crépite. En voilà encore une ! De minuscules impulsions surviennent sans que je le demande.

Le Souffle est en état de veille.

Je ne sais pas comment l'activer, mais le sentir pour la première fois en moi de manière aussi concrète me bouleverse. Une bouffée de bonheur et de soulagement m'envahit. Ce que j'ai cherché chaque jour depuis mon arrivée, je l'ai trouvé ! Cette chose impalpable dont je ne peux plus me séparer est là, palpitante d'énergie. J'attrape Bii à la volée et m'exclame :

– J'ai trouvé le Souffle ! Tu le crois, ça ?

Elle me fixe de ses yeux moqueurs et bondit sur mon épaule pour se frotter contre mon cou. J'éclate de rire.

À cet instant, la voix de Johannes retentit :

– June ? Tu es réveillée ? Je peux entrer ?

– Oui !

– Ça va ? me demande-t-il dès qu'il m'aperçoit.

Je hoche la tête, un sourire sur les lèvres. Johannes m'observe intensément, comme s'il tentait de lire mes pensées.

Il s'approche de mon lit, attrape la chaise sur laquelle je pose mes vêtements et s'assied. Remarquant une coupure toute fraîche sous son oreille, je fronce les sourcils. Est-ce que...

– J'ai fait des dégâts, hier soir ?

– Oh, les vitres de mon bureau ont juste explosé, dit-il joyeusement, rien de grave !

– À cause de moi ?

– Il semble bien...

– Locki ?

– Locki n'a rien, ne t'inquiète pas. Tu as envie de parler de ce qui s'est passé ?

– Non.

C'est la stricte vérité. Cette sensation est si nouvelle que je ressens le besoin de la garder pour moi.

Avec un petit mouvement d'épaules déçu, Johannes se lève.

– Repose-toi, dit-il d'une voix neutre. Camomille va t'apporter à manger.

Je me sens subitement honteuse d'être aussi égoïste. Voilà des mois que Johannes essaie de m'aider. Alors qu'il s'apprête à partir, je l'arrête et, d'une voix douce que je ne me connaissais pas, je murmure :

– J'ai trouvé le Souffle.

Johannes tressaille. Se maîtrise. Ses yeux parfaitement calmes se posent dans les miens.

– Oui ?
– Je le sens.

Les mots tracent leur chemin en Johannes, puis il hoche la tête et sort de ma chambre.

28

Après avoir englouti mon déjeuner au lit – bonheur ! Manger dans un lit est vraiment l'une des meilleures choses au monde –, je me lève, troquant mon pyjama contre des vêtements chauds, et je quitte la maison pour jeter un œil aux réparations du bateau sur lequel travaille Gaspard. La froidure de mars me mord les joues. J'enfonce un peu plus mon bonnet sur ma tête. Le ciel très bas est tendu d'un drap uniformément gris derrière lequel je devine la présence éclatante d'un soleil d'or blanc.

L'hiver tire en longueur, cette année, mais l'air me paraît plus dense qu'hier, plus doux aussi, chargé d'une énergie nouvelle.

Le port apparaît. Personne sur le ponton. Les bateaux ressemblent à de gros oiseaux engourdis par le froid, cherchant à se réchauffer en pressant leurs flancs les uns contre les autres. Il a dû pleuvoir tout à l'heure, car des flaques parsèment le nuage. Des flaques pleines de ciel.

La grande silhouette de Gaspard est debout sur le pont du bateau à la coque ornée d'un gros œil jaune. Je lui adresse un signe auquel il répond avec entrain. Locki émerge à ses côtés, une planche de bois entre les bras.

– Ça va mieux ? me demande-t-il.

Je suis probablement la seule à pouvoir capter l'inquiétude latente dissimulée derrière sa question qui semble de pure forme. Je lui adresse un sourire rassurant.

– Oui, bien mieux.

– Tu as l'intention de recommencer cela souvent ? s'enquiert Gaspard d'une voix forte, ses yeux sombres pétillant de malice. C'est juste histoire de savoir si je peux remplacer les vitres du bureau, ou s'il vaut mieux attendre un peu...

J'éclate de rire en rejoignant le ponton secondaire à côté duquel flotte le bateau.

– Je n'en sais rien du tout, dis-je.

Soudain, j'ai l'impression de traverser une fine pellicule d'eau. Étonnée, je recule d'un pas, puis avance.

La même sensation se reproduit.

Gaspard est penché vers moi par-dessus la rambarde. Voyant mon air perplexe, il laisse retomber la main qu'il me tendait pour m'aider à monter et m'interroge :

– Qu'est-ce qui se passe ?

– Il y a une sorte de... membrane... juste là.

J'ôte l'un de mes gants et je tends ma main devant moi. Un froid humide l'enveloppe, accompagné d'une légère résistance.

Accoudés au bastingage, Gaspard et Locki m'observent avec curiosité. J'essaie d'oublier leur présence pour me concentrer sur ce phénomène nouveau.

Je me dirige à reculons vers le ponton principal, le bras levé à l'horizontale. La membrane doit faire le tour du bateau, car la sensation reste présente sur mon poignet.

Arrivée au grand ponton, je sonde l'espace du regard, contractant doucement mes muscles oculaires jusqu'à loucher. Mes yeux me brûlent, peu habitués à une telle gymnastique.

Soudain, un éclair irisé comme un rayon de soleil sur une bulle de savon attire mon attention. C'est exactement cela, le bateau flotte dans une bulle !

Bouche bée, je reste immobile, m'attendant à ce que le mirage s'évanouisse. Mais la bulle reste à sa place.

Je retourne près du bateau pour étudier la membrane de près, et je me rends rapidement à l'évidence : elle n'est pas constituée d'eau, mais d'air. Un air à la texture différente. Modifiée.

Je grimpe à l'échelle de corde qui court le long de la coque. Gaspard s'est remis au travail. Armé d'une large scie qui, dans sa main, me semble à peine plus grosse qu'un couteau de cuisine, il s'emploie à découper la planche que lui a apportée Locki. Ce dernier lève la tête vers moi.

– Qu'as-tu trouvé ? demande-t-il.

Je lui décris brièvement la bulle d'air qui isole le navire. À quoi sert-elle ?

– À le protéger des regards, me répond Locki.

Je lui jette un coup d'œil étonné.

– Comment le sais-tu ?

– Avant que Johannes me donne le collier, je ne voyais pas les bateaux. Dès que je l'ai passée autour de mon cou, ils sont apparus.

– Tu veux dire que, là, si tu enlèves ton collier, tu te retrouves debout sur du vide ?

Le visage de Locki se ferme immédiatement.

– Je l'ignore. Et si ça ne te dérange pas, je vais éviter de tenter le coup.

– Je pense que tu peux enlever la pierre sans problème tant que tu te trouves à l'intérieur de cette bulle dont parle June, intervient Gaspard. C'est lorsque tu es à l'extérieur et que tu ne portes pas la pierre que le bateau reste invisible.

Je hoche la tête.

– Par contre, reprend-il avec un air enthousiaste, si tu laisses tomber l'échelle de corde suffisamment bas pour sortir de la bulle et que tu descends sans porter la pierre, tu devrais te retrouver... suspendu au vide ! Il faudrait que j'essaie ! Ça doit être rigolo !

– Sans blague, marmonne Locki d'un air sombre.

Gaspard le taquine :

– Ne me dis pas que l'intrépide guerrier a le vertige ?

– Sûrement pas. Je n'aimerais pas être suspendu à *rien*, c'est tout.

Le sourire de Gaspard grandit.

– Même si tu ne le vois pas, le bateau est toujours là, tu sais.

– Oui, mais moi, je préfère le voir!

Locki nous adresse un regard si noir que Gaspard et moi éclatons de rire. Je lève les yeux vers le Port de la Lune. Des murs de nuages me cachent la maison, dont je ne devine que le toit à une centaine de mètres, et au-dessus...

Non! Si. La lumière du jour se reflète sur un grand dôme transparent. Je le devine qui court jusqu'au-dessus de l'arène, du jardin, de la maison. Une bulle, immense comparée à celle qui entoure le bateau.

Une fois passée la surprise, alors que je contemple l'ouvrage – c'est l'œuvre des Sylphes, j'en suis sûre à présent –, un sourire un peu bête se pose sur mes lèvres. Voilà pourquoi, lorsque l'on est en ville, on ne voit pas le Port de la Lune, ni même la spirale, qui doit elle aussi être prise dans une bulle l'isolant des regards extérieurs.

– June, me lance Locki, lorsque tu souris comme ça, tu me fais un peu peur. On dirait une vache à qui serait soudain révélé le secret de l'univers...

Je me tourne vers lui.

– Merci pour la vache.

– De rien, chère sœur, répond-il en esquissant une révérence.

Me tournant à nouveau vers le Port de la Lune, je parcours des yeux le dôme invisible.

– N'empêche, je murmure, tu ne crois pas si bien dire.

– Ah! Tu vois! s'exclame Locki dans mon dos. J'ai toujours pensé que tu avais quelque chose d'un ruminant!

– Cela ne m'avait pas particulièrement frappé jusqu'ici, renchérit Gaspard, mais maintenant que tu l'évoques…

Je les entends rire en sourdine dans mon dos et je devine un échange de regards complices. Je m'apprête à aller confier ma découverte à Johannes lorsque je me souviens de la raison qui m'a amenée ici.

– Les réparations avancent?

– Oui, opine Gaspard, encore quelques parties à remplacer là où le bois est pourri, des aménagements à faire à l'intérieur, parce que pour l'instant c'est franchement rustique. Ensuite, il ne restera plus qu'un peu de travail dans la voilure.

– Ça va te prendre combien de temps?

Gaspard hausse les épaules, indécis.

– Ça peut être rapide, le bateau n'a pas besoin d'être parfait pour naviguer. Mais je préférerais le fignoler un peu, pour ne pas avoir de surprises en route.

Je sens bien qu'il reste délibérément dans le flou.

– Quand il sera prêt, ajoute-t-il les yeux baissés, tu seras au courant.

Mais qu'est-ce qui lui arrive ? Je ne l'ai jamais vu aussi peu assuré. Je croise le regard de mon frère, perplexe comme le mien.

– Gaspard ? lance Locki.

– Oui.

– Qu'est-ce que tu as ?

Gaspard nous fixe tour à tour.

– Rien, rien, lâche-t-il d'une voix bourrue, c'est juste que…

Ses yeux se plantent dans les miens. Il laisse échapper un bref soupir.

– June, dit-il avec gravité, quel que soit l'état du bateau, la décision de partir vers l'une des Sources n'appartient qu'à toi. Je ne veux pas que tu t'y sentes obligée si tu n'es pas prête.

C'était donc cela.

– Gaspard, je réponds avec une pointe d'ironie, il est hors de question que nous partions sur un bateau boiteux. Préviens-moi quand il sera en état. D'accord ?

– D'accord.

Partir, oui. Mais pour aller où ? Vers laquelle des trois Sources ? Est-ce que je ne devrais pas commencer par chercher celle qui se trouve près d'ici ?

Soudain, une silhouette sombre et brumeuse apparaît dans le ciel limpide de cette fin d'hiver, loin au-dessus de la grande bulle qui englobe le Port de la Lune. Je plisse les yeux pour mieux voir. Bientôt, une deuxième silhouette inconnue surgit à ses côtés.

Elles restent quelques secondes immobiles, comme suspendues dans le ciel immaculé, puis, subitement, dans un ensemble parfait, elles plongent vers le sol à toute allure et disparaissent aussi vite qu'elles sont venues. Le ciel est vide à nouveau. Un vide si absolu qu'il en devient presque inquiétant.

29

Printemps

Une maison. La nuit. Un sol de terre recouvert de planches humides. La lumière diffuse d'une lampe à huile repousse les ténèbres, éclairant une pièce sommairement meublée. Je suis assise par terre, le dos appuyé contre un mur froid. Sur un lit au fond de la pièce, deux enfants somnolent dans les bras de leur mère. Les paupières pâles de la femme s'alourdissent. Elle s'endort à son tour.

Soudain, un grattement. Aussitôt, la femme s'éveille et les yeux des enfants s'ouvrent. Apeurés, ils se pressent contre leur mère. Celle-ci les serre dans ses bras et fredonne à voix basse pour les rassurer. Je l'entends à peine. Les grattements à la porte se répètent. Puis ils s'interrompent. Une ombre passe devant la fenêtre. Je frissonne.

De l'autre côté de la vitre poussiéreuse, un œil unique me regarde.

Brusquement, des coups violents font vibrer la mince porte de bois. La femme chante plus fort. Sa voix tremble.

– Une lumière vraie dans un ciel de chaos, le souffle d'une voix qui chuchote moins faux...

Les coups s'amplifient. Je sens vibrer le mur dans mon dos, les verrous cèdent et la porte s'ouvre dans un grincement lugubre. Seule la voix de la femme perce le silence.

– Juste le chant du monde qui pulse dans le soir, et un poing qui se dresse, alors renaît l'espoir...

Pétrifiés, les enfants fixent le trou noir de la porte. La femme se lève, dressant son corps maigre pour protéger ses enfants. Son chant se fait plus fort encore, comme une flamme pour repousser la nuit.

Un énorme pied visqueux apparaît, suivi d'une longue jambe maigre, et le monstre pénètre dans la maison. Il déplie son corps difforme, la tête légèrement penchée pour ne pas toucher le plafond. Sa peau pâle semble fuyante comme celle d'un poisson. L'air étonné, il écoute la voix de la femme qui le défie, remplie de l'espoir que lui donne son chant.

– La tempête se lève pour balayer la terre et, pour mieux nous montrer comme les rêves fédèrent, s'assemblent tous les vents...

La bête tend ses longs bras vers elle. Les enfants gémissent. Mes poings sont si serrés que mes ongles s'incrustent profondément dans mes paumes. Le monstre prend la femme contre lui, presque avec douceur. Mais ses bras puissants l'enserrent, de plus en plus fort. Prise dans cet étau gluant, elle suffoque, se débat. Son visage devient rouge, ses yeux exorbités. J'ai envie de hurler. Bientôt, elle s'immobilise dans les bras du géant qui la relâche. Un gémissement ondule dans ma gorge tandis que le corps sans vie glisse au sol, et l'œil globuleux se fixe sur le lit.

Des larmes inondent mes joues lorsque la même scène se répète avec chaque enfant. Cette étreinte violente et trop douce à la fois. Je me balance d'avant en arrière. Injuste. C'est injuste. Le monstre contemple les trois corps avec ce qui me semble être de la tristesse, ou de la déception. Puis il quitte la maison. Je me lève et m'approche de la fenêtre. À travers la vitre, une petite fille aux cheveux blonds me renvoie mon regard. Je me réveille en sursaut. La première chose que je vois est le visage de Locki, ruisselant de larmes.

Au dehors, l'aube arrive enfin.

— June ne devrait-elle pas se mettre en route ? demanda dame Élise en posant délicatement sa main sur le bras du Veilleur de Lumière.

Celui-ci soupira et le rythme de ses pas ralentit. Il avait goûté une profonde jubilation le jour où June avait senti le Souffle grâce aux séances de méditation qu'il avait imposées. C'était sa dernière carte pour réveiller le Souffle, et elle avait fonctionné.

Le Veilleur de Lumière avait enfin eu l'impression d'être utile. Depuis, June avait retrouvé sa curiosité, et ses rires fusaient de nouveau au Port de la Lune. Elle progressait. Mais sa maîtrise du Souffle restait imparfaite et ses expérimentations la laissaient blanche et tremblante.

– Elle n'est pas prête.
– Alexis, elle ne le sera probablement jamais.
– Elle a encore le temps, répondit le Veilleur d'un ton définitif.

Les yeux de givre de dame Élise fouillèrent ceux du Veilleur de Lumière.

– Si cela est vrai aujourd'hui, ce ne le sera bientôt plus. Mais je ne t'apprends rien.

Je pose mes mains sur l'écorce de l'arbre-bibliothèque en fermant les yeux. Très doucement, comme un murmure, je pense « Dis-moi ».

La subtile harmonie du chant de l'arbre m'est devenue aussi familière que mes propres pensées. Les chants noués ensemble forment un tissu aux motifs complexes : c'est le grand chant du monde qui se déverse en moi. Bientôt, la voix d'une feuille prend le pas sur les autres, elle devient limpide comme une coulée de cristal.

Je m'enfonce dans le dédale des branchages et trouve rapidement la source de ce chant. *Je vivais dans un arbre, j'étais la plus haute de toutes ses feuilles...* C'est l'une des chansons que j'ai compilées dans mon carnet, le jour où Locki est descendu me voir. Pourquoi me revient-elle aujourd'hui ?

J'étais la plus haute de toutes ses feuilles.

Je lève la tête vers la cime de l'arbre. Non, ce serait trop simple... Oh après tout, pourquoi pas ?

Je remonte au centre de l'arbre. Ma tête émerge bientôt au-dessus du labyrinthe vert et or baigné par le soleil printanier qui daigne enfin repousser les frimas de l'hiver.

– Voyons voir... toi ! déclaré-je en pointant une petite feuille d'amandier piquetée de jaune, qui vibre particulièrement fort.

Deux chants distincts émanent de la feuille, comme une partition à deux voix. Cela est suffisamment inhabituel pour piquer ma curiosité. Je me concentre.

La mélodie principale ressemble à une comptine, portée par ce langage étrange qui m'est devenu familier...

De la terre-miroir, ils se dresseront,
Par les âmes mêlées, ils se dresseront,
Pour Celui qui s'élève, ils se dresseront,
Les uns après les autres.
Ainsi glissent les âges,
Ainsi passent les hommes,
Mais en eux, rien ne change.

Je sens sourdre en moi la certitude que ce que je viens d'entendre est essentiel. Je note rapidement le chant.

Le contre-chant est plus diffus. Toutefois il me permet de comprendre que la comptine parle des trois Sources.

J'ignore à qui fait référence le « ils » de la chanson, mais les trois premiers vers doivent probablement désigner les trois Sources. Les Sylphes nomment les arbres « Ceux qui s'élèvent », de la terre au ciel, du royaume des hommes au royaume des Sylphes. Celui qui s'élève doit donc désigner un arbre particulier. Et quel arbre mériterait mieux ce nom que celui au milieu duquel je me tiens… L'arbre-bibliothèque marquerait-il l'emplacement d'une Source ? Puisque l'une d'elles se trouve dans les parages, c'est plausible.

La terre-miroir. Je laisse les images affluer librement. Et l'eau s'impose. Une terre d'eau, une terre où le ciel se regarde comme dans un miroir. L'île du Nord.

Je tente la même expérience avec « les âmes mêlées », mais rien ne se dégage. Peu importe. Si le premier vers concerne l'île, et que le troisième parle de l'arbre-bibliothèque, logiquement, « les âmes mêlées » doivent être une référence à la ville où se trouve la dernière Source.

Les mots tournent en boucle dans ma tête. *Ils se dresseront, les uns après les autres. Ainsi glissent les âges…* Les uns après les autres.

La comptine me donne l'ordre dans lequel réactiver les Sources afin d'entamer un nouvel « âge ». Un âge où l'équilibre des forces serait restauré. Ainsi ma première destination serait l'île du Nord ? L'île de Jonsi. Mon cœur s'accélère à cette pensée.

Je redescends et appose mes mains sur l'écorce.

L'île ?

Pas de réaction.

L'île ? Est-ce là que je dois me rendre ?

Soudain, l'arbre fait entendre son approbation dans un grondement impétueux composé de craquements de branches et de bruissements de feuilles. Une vague d'enthousiasme se communique à moi par la peau de mes mains et se met à danser joyeusement dans ma tête.

En posant mon front contre l'écorce, je murmure :

– Merci.

L'après-midi est à peine entamée lorsque je pousse le portillon du jardin de Maxence. Il est en train de retourner un vaste rectangle de terre. Les glycines tout juste écloses exhalent leur lourd parfum. Tandis que je m'approche, Maxence lève ses yeux pâles vers moi. Je lui souris. Il y a des yeux qui donnent plus de lumière qu'ils n'en reçoivent. Ceux de Maxence en font partie.

– Déjà remontée ? m'accueille-t-il en me tendant une bêche.

Je saisis l'outil sans répondre et m'active à ses côtés. La terre est humide et collante, elle ne se laisse pas facilement travailler.

– Est-ce que tu parviens à tirer quelque chose de ce que te racontent les feuilles ?

– Oui, l'arbre a désigné l'endroit où je dois me rendre en premier. Enfin, je crois. Tout à l'heure, j'étais sûre de moi, mais comment savoir si j'ai raison de faire confiance aux chants des Sylphes, ne confondent-ils pas le rêve et la réalité ?

Maxence me dévisage en silence, sans interrompre son travail.

– Il n'y a pas une seule réalité, valable pour tout le monde au même moment, lâche-t-il finalement de sa voix lente et profonde. La réalité, comme la vérité, est mouvante, multiple. Ta réalité n'est pas la même que la mienne. Peut-être que les Sylphes ne distinguent pas le rêve de la réalité parce que le rêve fait partie de leur réalité. L'important, c'est ton interprétation des signes que t'offre l'arbre.

J'acquiesce. Maxence s'appuie un instant au manche de sa bêche et un sourire illumine son visage bruni par le soleil d'avril.

– L'arbre t'a appelée, dit-il, il t'a guidée jusqu'ici. Il sait. Et tu peux te fier à ton instinct.

– Mon instinct ?

– June, tu es la personne la plus instinctive que j'aie jamais rencontrée. Tu avances en aveugle, personne ne sait comment te guider, et pourtant tu trouves ton chemin comme s'il existait de toute éternité et que tu n'avais pas besoin d'yeux pour le voir. Se poser des questions est essentiel. Mais ne t'en pose pas plus qu'il n'en faut.

Et il se remet au travail.

– Si je suis mon seul instinct, je ne peux pas être sûre de suivre le bon chemin.

– Non, admet Maxence. Tu ne peux qu'avoir l'intime conviction que tu fais ce qui doit être fait.

Ce qui doit être fait. Oui.

Soudain, un frisson remonte le long de mon dos. Je m'approche du bord du nuage. J'étouffe un hoquet de surprise. Puis une colère glaciale m'envahit.

– Qu'est-ce qu'il y a ? demande Maxence.
– Tu ne vois rien ?
– Non.
– Tu ne portes pas ta pierre ?
– Non.
– Alors je crois que tu devrais la mettre.

Maxence jure à mi-voix et se précipite vers la remise où il range ses outils. Alors qu'il revient vers moi, sa pierre verte autour du cou, je regarde passer des silhouettes sombres, loin au-dessus du Port de la Lune.

– Des Oldariss ? s'inquiète Maxence.

J'acquiesce. Lorsque j'en ai aperçu cet hiver, je n'avais pas la certitude qu'il s'agisse d'Oldariss. Mais puisque Maxence n'a pas pu les voir sans porter la pierre, il n'y a plus de doute possible.

Je tourne sur moi-même. Les créatures arrivent de partout. Des dizaines et des dizaines de silhouettes brumeuses qui se regroupent en un flot continu...

Et descendent vers La Ville.

30

— Ne descends pas aujourd'hui, m'ordonne Johannes en déboulant dans le salon en tenue d'entraînement.

Je cligne des yeux, mal réveillée, et suspends la course de ma cuillère de céréales avant qu'elle n'entre dans ma bouche. J'articule péniblement les premiers mots de la journée :

— Sur l'arbre ? Pourquoi ?

— Un nuage s'est pris dans la spirale. Pour descendre, il faudrait que tu le traverses. Mieux vaut attendre qu'il se détache.

— Mais tu sais bien que je peux sculpter les nuages, cela ne me posera aucun problème de me dégager un chemin...

Johannes appuie ses deux mains sur la table en face de moi.

— Non.

Devant son ton impérieux, j'acquiesce, une moue dubitative déformant malgré moi mes lèvres.

– Tu penses que ce nuage a un rapport avec les Oldariss ?

– Je l'ignore. Mieux vaut être prudents. On se retrouve dans l'arène, lance-t-il avant de disparaître.

Un nuage accroché à l'escalier ? Trop dangereux pour que je le traverse ? Hum. Il y a déjà une semaine que les Oldariss sont arrivées et tournent au-dessus de La Ville. Tout le monde est à cran, à commencer par moi. Jour et nuit, je les sens au-dehors qui glissent dans le ciel. Je ne peux rien y faire. Et la frustration alimente ma colère de savoir ceux que j'aime en danger. Alors si ce nuage est lié à ces créatures, je devrais l'étudier au lieu de le fuir.

Je me dépêche de terminer mon petit-déjeuner et je rejoins l'arène. Depuis qu'il s'est éveillé, je sens le Souffle grandir en moi. Il ne demande qu'à être employé. Oui, le Souffle grandit, mais mon corps ne supporte pas que je m'en serve. Comme si cette énergie lui était trop étrangère.

L'entraînement est interminable. Je ne peux m'empêcher de penser à ce nuage coincé dans la spirale. Que ce phénomène se produise au moment où les Oldariss déferlent sur La Ville ne peut pas être un hasard.

Johannes et Locki remarquent mon manque d'attention et ne me font aucun cadeau.

J'encaisse les volées de coups, parant tant bien que mal. Ma tunique de toile légère ne m'apporte aucune protection. J'en serai quitte pour quelques bleus.

Dès l'entraînement terminé – enfin ! –, je salue Johannes comme il convient de saluer son maître : le poing de la main gauche recouvert par la main droite devant le bas du visage, et je m'échappe sans demander mon reste.

Le nuage est là, une vingtaine de mètres en dessous de moi, étonnamment sombre pour un nuage bas, avec des reflets mauves et gris ardoise. Une portion de l'escalier disparaît à l'intérieur pour réapparaître un peu plus bas. Le centre du nuage bouillonne, comme animé d'une volonté propre. Les conseils de Maxence me poussent à suivre mon instinct. Et à cet instant, j'ai la conviction que ce cœur de nuage tourbillonnant est une clef. Je dois l'étudier de plus près.

Bii apparaît à mes côtés tandis que je descends les premières marches. Plus je m'approche du nuage, moins il me semble menaçant.

Puis mes pieds y pénètrent, et bientôt tout mon corps. C'est d'abord comme entrer dans un désert de blanc vaporeux qui m'enveloppe. Je vois à peine mes mains.

Je tire sur les courtes manches de ma tunique pour me protéger de l'humidité. Malgré cela, ma peau se hérisse. Une douce confiance m'envahit. Sans hésiter, je m'aventure plus bas.

Une fois au centre du nuage, je m'aperçois que les remous sont créés lorsqu'il entre en contact avec la bulle qui entoure l'escalier : cela engendre des volutes chargées d'humidité qui se percutent entre elles, créant de nouveaux dessins, délicats et tourmentés.

J'ai l'impression que tout tourne. Le Souffle gronde si fort dans mon ventre que je m'accroupis pour garder mon équilibre, plongeant mes deux mains dans la blancheur de l'escalier. Je m'y agrippe de toutes mes forces et j'observe.

Rapidement, je ferme les yeux pour écouter les sifflements de l'air. Certains ressemblent au bruit du vent dans les feuilles, d'autres à celui des rafales qui s'engouffrent dans les cordages des bateaux. Parfois, il me semble entendre des voix humaines qui murmurent d'incompréhensibles paroles. Pour mieux les différencier, je leur donne des noms. J'apprends ainsi à reconnaître Sifflotin, Bourdongras, Grincedent et Souffleplaine. L'un après l'autre, ils passent sur mon visage pour me saluer. Ils semblent heureux d'être enfin nommés : à présent, ils peuvent exister.

Les flux d'air n'ont pas tous la même température. Naissent alors Chaudebrise, Frissonnante et Gèlenez. J'entrouvre la bouche, et l'air s'y engouffre pour que je le goûte. Ainsi Mielderose et Airamer se différencient de leurs compagnons. Tous mes sens en alerte, je fais encore la connaissance de Riredefée et Lourdecorde avant d'avoir la certitude que plus aucun ne manque à l'appel.

Alors je me relève et je lâche l'escalier de nuage. Je sais que les flux ne me feront pas de mal, que je ne tomberai pas – ou que si je tombais, ils retiendraient ma chute. Je les effleure du bout des doigts. Des vagues de chaleur affluent de mon ventre et fusent dans mes bras. Les flux d'air réagissent. Quelques-uns tressaillent sans dévier de leur course, d'autres me fuient, laissant derrière eux une traînée d'étincelles, certains s'enroulent autour de mes bras tels des serpents de vent pour se lover au creux de mes paumes.

Mes doigts heurtent la bulle qui protège l'escalier. Je ne comprenais pas comment ces membranes pouvaient être composées uniquement d'air. À présent, ce prodige me semble d'une simplicité désarmante : les flux d'air sont comme des fils qu'il est possible de tisser et nouer entre eux. Je caresse la bulle. Riredefée, Airamer et Souffleplaine crépitent immédiatement à mon contact. Ce sont eux qui se tiennent là, tressés les uns aux autres jusqu'à créer cette paroi, comme la trame d'un tissu.

Mes nouveaux compagnons dansent autour de moi. Ils me connaissaient déjà. Je les ai invoqués chaque fois que je me suis servie du Souffle. Et ils ont répondu à mon appel, repoussant mon frère dans l'arène, brisant les vitres du bureau de Johannes pour me rejoindre.

J'hésite encore à ouvrir les yeux de peur de les perdre. Finalement, j'entrouvre les paupières. D'abord je ne vois rien, puis, peu à peu, je distingue des rubans de couleur translucides. Certains semblent granuleux comme du sable, d'autres ont une texture lisse comme du verre ou vaporeuse comme de la mousse. J'identifie à nouveau chaque flux, pour associer leur apparence à la première impression qu'ils m'ont donnée, celle qui a déterminé leurs noms.

Je vous connais à présent. Je vous connais.

Tel un chef d'orchestre, j'en guide quelques-uns pour qu'ils se nouent ensemble. Des sons inconnus apparaissent, de nouvelles couleurs. Je ne sais pas trop ce que je suis en train de faire. J'expérimente.

Peu à peu, je creuse une trouée dans le nuage, et La Ville apparaît, enveloppée d'une nuée d'Oldariss. La fatigue et la peur accumulées ces derniers mois se réveillent à cette vision.

Maintenant, je peux agir. Un à un, j'attrape les flux et les propulse à toute vitesse au-dessus de La Ville.

Saisie par une joie sauvage, je hurle :

– Pour Nanou! Pour Lucie! Pour Maya! Pour Locki!

Au loin, les silhouettes brumeuses s'affolent. Je continue de plus belle.

– Pour Gwen! Pour Bénédict!

Je commence à faiblir. Non, pas maintenant! Je ne veux pas m'évanouir!

Je lance un dernier flux en murmurant :
– Pour moi.

Mes jambes se dérobent. Je tombe sur l'escalier.

Je ferme les yeux, mais je reste consciente suffisamment longtemps pour découvrir qu'une partie de mon esprit est restée parfaitement calme. Je me dirige vers ce havre et y entre. Je devine que c'est là que je dois me trouver pour manier le Souffle.

Et je perds connaissance.

31

Un bourdonnement autour de moi. Des voix chuchotent. Je suis allongée sur une surface moelleuse.

– Je crois qu'elle se réveille.
– Oui, elle se réveille.

J'ouvre les yeux, les referme aussitôt. Trop de lumière. Des formes floues bougent au-dessus de moi. Des visages. Du jaune. Ma chambre, je suis dans ma chambre.

– Dis donc, moineau, tu nous as encore fait peur !
– Tout va bien, June, ne t'inquiète pas.
– Non, mais laissez-la respirer !

Johannes est debout près de moi, appuyé contre le mur. Il a l'air soucieux, et un peu en colère. Camomille est à côté de lui, accrochée au bras de Locki et, au bout de mon lit, j'aperçois la large silhouette de Gaspard qui tient Bii dans l'une de ses mains. Même Maxence a quitté son jardin, je le devine derrière Camomille, en retrait.

Soudain, la découverte des flux d'air me revient en mémoire. Je m'assois d'un coup.

– J'ai compris! J'ai compris!
– Reste couchée!
– June, je t'interdis de te lever!
– Mais j'ai compris, je vous dis!

Des mains me repoussent sur mon lit. Je ne leur résiste pas, mon mouvement brusque a réveillé la migraine carabinée qui suit chacun de mes évanouissements.

– Apparemment, elle a compris, lance Camomille alors que je me rallonge.
– Compris quoi?
– Le Souffle, j'ai compris le Souffle!
– Elle a compris le Souffle!
– Merci, Camomille, on avait saisi, je crois.

Des mains se posent sur mon front, mes joues, mes bras.

– Tu es sûre que tu te sens bien?

Soudain, la sensation de flou s'estompe et tout redevient clair. Je crie :

– Mais je vais bien, lâchez-moi, vous m'énervez à la fin!

Un court silence s'installe. Je les dévisage l'un après l'autre. Locki semble amusé par mon brusque sursaut de colère.

– Je t'avais dit de ne pas descendre, gronde Johannes.

Je souris.

– Tu sais bien que je suis une tête de mule.
– Ah oui, renchérit Camomille, ça c'est certain, une vraie tête de mule...

– Et si tu nous expliquais ce que tu as compris ? demande Johannes.

Je rassemble mes pensées pour leur décrire ma découverte des flux d'air et comment il est possible de créer des trames en les combinant.

– Ces flux, ils ne se trouvent que dans les nuages ? intervient Maxence.

Je me concentre un instant. Mielderose et Flammefolle apparaissent dans la chambre en rubans argentés et viennent me chatouiller les narines. J'éclate de rire. Je n'ose pas les toucher de peur de perdre encore connaissance.

– Apparemment pas ! Si on ouvre la fenêtre et que je les appelle, les autres vont rappliquer.

– Les autres ? demande Locki. Tu veux dire qu'il y en a dans la pièce ?

– Oui. Il y en a partout où il y a de l'air. Ils sont l'air. Ou plutôt, l'âme de l'air, ce qui l'anime. Une partie de l'air est vide, sans vie, et c'est dans ce milieu que les flux évoluent, comme des poissons dans l'eau ou des astres dans l'espace. Ils sont dans chaque courant d'air. Dans chaque brise. Dans chaque respiration.

Des rides se creusent au milieu de leurs fronts.

– S'il y en a dans la maison, s'étonne Johannes, pourquoi ont-ils brisé la vitre du bureau pour te rejoindre ?

– Je ne contrôlais pas mon appel... Je crois que ce que j'ai émis ce jour-là était si puissant que tous les flux à proximité y ont répondu simultanément, y compris ceux qui se trouvaient dehors.

Gaspard croise les bras.

– Si c'est aussi simple, demande-t-il, peux-tu nous expliquer pourquoi nous t'avons retrouvée inconsciente, allongée sur l'escalier ? Heureusement que ta bestiole est venue nous chercher...

D'un coup, les circonstances de mon évanouissement me reviennent :

– Les Oldariss ?

– Elles sont parties, m'apprend Johannes, éparpillées dans le ciel. Quelques-unes traînent encore...

Je plisse légèrement les yeux.

– Pas pour longtemps.

Johannes sourit.

– Tu n'as pas répondu, pourquoi as-tu perdu connaissance ?

– Oh ça...

L'îlot de calme dans mon esprit irradie comme une boule de lumière. Il vibre à l'unisson du Souffle.

– Je n'étais pas au bon endroit.

– Au bon endroit ? répète Johannes.

– Je crois que le Souffle se trouve à la fois là, et là, dis-je en montrant successivement le haut de mon ventre et l'arrière de ma tête. Pour l'utiliser, il faut que je sois dans les deux, sinon mon corps ne le supporte pas.

– Comment cela, « être dans les deux » ?

Je soupire. Comment expliquer ce phénomène ? Je m'embrouille en essayant de le mettre en mots.

– C'est... comme une pièce à l'intérieur de mon esprit, calme et silencieuse, d'où je peux regarder ce qui se passe en moi et autour de moi, sans perdre le contrôle. Pour utiliser le Souffle, je dois y entrer mentalement.

– Cool, lâche Locki.

– Je crois que je vais passer plus de temps du côté de l'arène à présent, déclare Maxence d'un air amusé, ça risque de devenir intéressant.

Il m'adresse un petit sourire avant de sortir de la pièce.

– Bien, conclut Camomille. Mais quoi qu'il en soit, moineau, évite de disparaître sans prévenir.

J'acquiesce. Camomille ajuste ma couette au bord du lit et se dirige à son tour vers la porte, poussant devant elle Locki et Johannes. Elle lance un regard éloquent à Gaspard mais le géant ne bouge pas. Une fois les autres partis, il jette un coup d'œil circulaire sur les vêtements qui jonchent le sol de ma chambre.

– Tu attends que ça pousse ?

– Non, j'attends de voir s'ils vont se ranger tout seuls.

– Et ça fonctionne ?

– Tu vois bien que non. Mais je ne désespère pas. Seize ans que je tente cette expérience. Un jour peut-être...

Gaspard sourit, puis redevient sérieux.

– Je t'ai dit que le bateau était prêt ?

– Non.

– Le bateau est prêt, lance-t-il solennellement.

Une légère appréhension contracte mes épaules.

– Merci.

Gaspard hoche la tête, puis sort à son tour.

– Oh, et puis tu pourrais arrêter de t'évanouir tout le temps ? plaisante-t-il en passant sa grosse tête dans l'embrasure de la porte. Ça devient lassant à la fin !

Je lui adresse une mimique d'excuse, à laquelle il répond par l'un de ses habituels clins d'œil.

– Je sais bien que tu le fais exprès pour que tout le monde s'occupe de toi !

– Je te fais confiance pour garder le secret, lui dis-je.

Le grand rire de Gaspard résonne dans la cage d'escalier alors qu'il referme la porte derrière lui. Tandis que le bruit de ses pas s'estompe, je repousse la couette et relève ma tunique, intriguée par une légère sensation de brûlure.

En haut de mon ventre, juste entre mes côtes, le tracé d'une spirale verte est apparu sur ma peau.

Elle rayonne d'une faible lumière.

L'Île du Nord

32

ÉTÉ

Le Veilleur de Lumière ne put réprimer un sourire lorsque la vision s'établit. June s'amusait. Debout au centre de l'arène, ses pieds nus plantés dans le sable, elle était vêtue d'un pantalon noir sur lequel tombait une courte tunique gris sombre ajustée à la taille par une étroite bande de tissu clair. Elle semblait manier un fouet visible d'elle seule qui faisait jaillir des gerbes de sable d'un bout à l'autre de l'arène au gré de ses impulsions.

Dans cette danse guerrière, les flux d'air obéissaient au moindre de ses gestes.

Fasciné, le Veilleur sentit monter une bouffée de fierté.

L'année passée au Port de la Lune avait considérablement changé sa protégée. C'était désormais une jeune femme solide et volontaire. En apprenant à maîtriser le Souffle, elle avait appris à canaliser sa colère et s'était apaisée.

Chaque jour, elle imaginait de nouvelles manières de combiner les flux d'air, et elle laissait parfois entrevoir l'ampleur de sa puissance dans des démonstrations qui donnaient des frissons à ceux qui y assistaient.

Dans les mains de n'importe qui d'autre, un tel pouvoir aurait profondément inquiété le Veilleur de Lumière. Mais il croyait en June.

Le lendemain, la jeune fille fêterait son dix-septième anniversaire.

Tandis que la vision se déroulait derrière ses paupières closes, le Veilleur admit que si, année après année, son apprenti, Nathanaël, avait pris la place d'un fils dans son cœur, June était la fille qu'il n'aurait jamais. Il lui en coûtait de ne pas pouvoir lui parler – et encore moins l'approcher. Il reconnaissait pourtant le bien-fondé de la règle qui empêchait les Veilleurs d'avoir des contacts avec l'extérieur : elle avait permis au Cercle de perdurer à travers les siècles pour accomplir sa Mission.

Alors qu'un sourire amer se glissait sur ses lèvres, le Veilleur vit soudain June ouvrir ses doigts pour libérer le fouet puis, d'un geste naturel dont elle ne mesurait probablement pas la grâce, elle tendit ses deux bras vers le ciel et bascula sa tête en arrière, les yeux fermés.

Un grand sourire illuminait son visage.

Elle fléchit ses poignets et inclina doucement ses paumes vers le sol. Le sable à ses pieds se mit à sautiller. Bientôt, une tornade de sable s'éleva autour d'elle en tourbillonnant.

Le Veilleur en resta bouche bée. Dans l'œil de la tempête, June semblait sereine, son visage fin tourné en direction des quelques nuages disséminés dans le ciel printanier.

Lorsque la tornade atteignit la hauteur de son cou, June ouvrit les yeux et laissa retomber ses bras. Un air décidé glissa sur son visage tandis que le sable se reposait sur le sol.

Elle traversa l'arène avec assurance, échangea quelques mots avec Locki et Gaspard avant de se diriger vers la maison. June ouvrit la porte d'entrée à la volée, monta quatre à quatre les escaliers, puis, après un rapide coup à la porte du bureau de Johannes, elle entra et déclara :

– Nous partons.

– Bien, approuva-t-il. Dans quelle direction ?

– L'île du Nord.

En entendant ces mots, le Veilleur de Lumière ouvrit les yeux. Il ôta le cercle métallique qui lui ceignait le front et le posa sur son bureau. Un soupir silencieux s'échappa de sa bouche.

L'île. Là où tout avait commencé.

– Qu'il en soit donc ainsi, murmura-t-il.

33

Debout à l'avant du bateau, je scrute le ciel. Aucune Oldariss en vue. Quelques-unes se sont approchées de nous tout à l'heure, mais elles sont reparties avant que j'intervienne. Je baisse les yeux. Le paysage défile, une centaine de mètres en dessous de la coque, de vastes plaines stériles et désertes, parcourues par des hordes d'animaux sauvages qui ressemblent à de gigantesques loups. Des terres de chaos désertées par les hommes, mais qui gardent les traces de leur passage. Des ruines d'habitations ou d'usines s'élèvent au milieu d'étranges collines d'objets obsolètes et de machines éventrées.

Mon regard se perd sur les routes dont les vestiges dessinent sur le sol de larges rubans sombres. À part quelques commerçants et des marins comme Gaspard, plus personne ne voyage. Trop dangereux. Les hommes grandissent à l'endroit où ils naissent, et les marchandises transitent sur les voies ferrées qui relient les villes entre elles, traversant ces régions désertées où les rôdeurs règnent en maîtres.

D'après Johannes, il y a quelques générations, les gens parcouraient ces longues routes qui se perdent à l'horizon. Mais après la rupture de l'équilibre invisible, lorsque la première Source s'est éteinte, les Oldariss ont pris le dessus sur les Sylphes. Les grandes guerres ont alors éclaté. Puis l'épidémie de Bleue est arrivée, sournoise, meurtrière, et les survivants se sont retranchés chez eux. La disparition des Sylphes aurait-elle suffi à bouleverser de façon aussi radicale la vie des hommes ?

Nous survolons une petite ville entourée de barrières de bois et de pics métalliques. Les champs alentour sont protégés par de hauts murs barbelés. Je n'aimerais pas vivre dans un endroit pareil.

– Regarde qui je viens de trouver, lance soudain Locki en s'approchant.

J'ai à peine le temps de me retourner qu'une tornade verte s'agrippe à mes vêtements et monte sur mes épaules avec des cris de joie. Bii était absente au moment du départ, mais je me doutais bien qu'elle ne nous laisserait pas partir sans elle. Je lui gratte la tête, soulagée malgré tout de sa présence sur le bateau.

– Où étais-tu cachée, ma jolie ?

– En haut du mât, me répond Locki en secouant la tête d'un air amusé.

Je lève les yeux vers les deux grandes voiles blanches qui s'étalent telles les ailes d'un oiseau gigantesque sur le bleu du ciel moucheté de nuages. Elles sont gonflées d'une multitude de flux qui s'enroulent et s'entremêlent dans le creux de leurs toiles. Assis à la barre, Gaspard m'adresse un signe de tête amical. Je lui souris et me détourne. Johannes ne nous accompagne pas, il est resté avec Maxence et Camomille. Son absence m'inquiète un peu. Lorsque je lui ai annoncé que nous partions, il m'a répondu qu'il quittait lui aussi le Port de la Lune, mais pas avec nous.

– Une autre mission m'a été confiée, a-t-il précisé. Je vous rejoindrai bientôt.

Malgré mes craintes de ne pas être à la hauteur sans son soutien, je n'ai pas insisté.

J'inspire profondément, soudain oppressée par la bande de tissu blanc roulée autour de ma taille. La spirale verte apparue sur mon ventre il y a deux mois est devenue plus nette. Elle rayonne en permanence d'une douce chaleur. Je n'en ai parlé à personne, comme si c'était trop intime pour être évoqué. Lorsque j'utilise les flux d'air, elle devient brillante, et je dois la cacher tous les matins sous un bandage. Cette marque ressemble à celles qui recouvraient le corps de la Sylphide qui m'a transmis le Souffle. Plus que jamais, je pense à elle comme à une sœur.

Locki se penche au-dessus du bastingage, les yeux rivés au sol qui défile sous la coque. Son poignet est cerclé du même bracelet que le mien. Un bracelet étrangement léger, taillé dans un métal doré aux reflets roses. Johannes nous les a confiés avant de partir pour que nous puissions communiquer.

Sur le dessus, cinq minuscules curseurs colorés pivotent, dont les différentes combinaisons permettent de contacter un autre porteur de bracelet. Quand Johannes m'a demandé de l'appeler pour tester son fonctionnement, nous avons échangé quelques mots, puis une bouffée d'affection a envahi mon esprit, mêlée à de l'inquiétude. Surprise, j'ai interrogé Johannes du regard. Il a imprimé une secousse au bracelet, coupant la communication, et l'impression a disparu.

– Les bracelets ne transmettent pas uniquement la voix.

– Je... comprends, ai-je répondu, en réalisant qu'il avait volontairement laissé filtrer des vagues d'émotions à travers le bracelet.

Il m'a laissée ressentir ce que sa pudeur ne lui permettait pas de m'avouer : combien il tient à moi. Cet aveu silencieux m'a profondément émue.

Ses petites griffes accrochées dans l'épais tissu de mon manteau, Bii hume le vent.

– Nous y sommes ! crie Locki en pointant du doigt la ligne de l'horizon.

Je relève le nez et découvre au loin une vaste étendue sombre et mouvante. De l'eau. De l'eau à perte de vue. J'identifie enfin l'origine de cette odeur iodée qui piquait mes narines depuis un moment. Plus nous approchons de la mer, plus l'odeur devient prégnante, s'infiltrant jusque dans les fibres de mes vêtements. Puis un ronflement doux se fait entendre qui se mue rapidement en un grondement incessant. Au large, des traînées blanches apparaissent et disparaissent, illuminées par les rayons de soleil qui percent jusqu'à la surface. Bientôt, ce que j'ai d'abord vu comme une étendue plane m'apparaît traversé de rides mouvantes qui s'écrasent sur les falaises et s'étendent sur le sable des criques encaissées dans la roche.

Sur l'une de ces plages, quatre silhouettes sont assises et regardent le soleil qui tombe au ralenti vers l'horizon. Alors que nous passons juste au-dessus d'elles, la plus fluette lève la tête. C'est un garçon à la peau sombre, qui ne doit pas avoir plus de cinq ou six ans. Il suit le bateau des yeux et nous adresse un geste de la main. Interloquée, je lui rends son salut.

– Il nous... *voit* ? je demande incrédule en me tournant vers Locki.

– Apparemment, constate-t-il en adressant à son tour un salut au garçon. D'après Gaspard, certains enfants sont capables de voir les Sylphes. Ils doivent aussi voir le bateau.

Je ne serais donc pas la seule à voir l'invisible ?

Mais le rivage s'éloigne déjà derrière nous.

– Locki, tu te souviens de cette créature bizarre dont parle une feuille de l'arbre-bibliothèque ? L'homme-poisson, celui qui voyage en lançant son cœur dans les vagues comme un grappin ?

– Oui.

– Peut-être qu'il est là-dessous, quelque part.

– Peut-être.

J'observe les vagues, espérant voir apparaître la créature. En vain. Le soleil semble ne jamais vouloir se coucher. Il est comme suspendu au-dessus de l'horizon. Après plus d'une heure d'hésitation, il plonge finalement de l'autre côté du monde.

Comme chaque soir depuis notre départ, Locki et moi prenons la barre pour permettre à Gaspard de dormir un peu.

– S'il y a le moindre problème, réveillez-moi, nous ordonne-t-il en se pliant en deux pour s'engager dans l'escalier qui mène à sa cabine.

Je m'installe dans le cockpit, sur l'étroit banc de bois qui jouxte la barre. Locki descend dans la minuscule cuisine du bateau, et rapporte des sandwichs que nous engloutissons avec appétit. Bii mendie un peu de nourriture, puis, rassasiée, elle se roule en boule à côté de moi et s'endort, la tête à demi recouverte par sa queue touffue.

La nuit est à présent profonde. Le vent balaie les nuages et le croissant de lune légèrement voilé luit calmement dans sa robe d'étoiles. Une multitude de bruits remplit le silence et l'obscurité. Le sifflement doux des flux d'air dans les cordages, les craquements du bois, le couinement des poulies, et en bas, la respiration feutrée des vagues qui enflent et se dégonflent, comme des milliers de chats ronronnant de concert.

Les odeurs de la nuit m'emplissent de leur calme. J'ai toujours aimé la nuit. On y respire mieux, plus profondément que le jour.

Une heure doit s'être écoulée lorsque Locki murmure :

– June, je crois bien que je m'endors...

Rester seule avec la nuit, flotter en silence entre l'eau et les étoiles qui pétillent là-haut, oui, cette idée-là me plaît.

– Va dormir, lui dis-je. Ne t'inquiète pas.
– Tu es sûre ?
– Certaine. Va.

Et Locki s'engouffre à son tour dans l'escalier pour rejoindre sa cabine.

Je lève les yeux vers le mât. Les flux d'air sont là, comme toujours, qui chahutent dans les voiles et s'emmêlent joyeusement. Je remarque un nouveau venu au goût iodé et l'appelle.

– Tu seras Seldemer, lui dis-je à voix basse.

Il s'enroule autour de moi, puis bondit malicieusement dans la nuit et disparaît sous la coque du bateau. Intriguée, je lâche un bref instant la barre pour jeter un coup d'œil par-dessus bord. En bas, des dizaines de Seldemer se pressent les uns contre les autres, formant un ballet étrange et fascinant. Je reviens à mon poste et, d'une légère inclinaison de la barre, je fais glisser silencieusement le bateau vers la mer. Il frôle les vagues lorsque je redresse le cap. Les flux de Seldemer dansent dans les rayons de lune, se repliant et bondissant vers le ciel comme des ressorts. Hypnotisée, je perds la notion du temps.

La voix de Gaspard me sort de ma torpeur.

– C'est beau, hein.

J'acquiesce, même si nous ne voyons pas exactement la même nuit puisque les flux d'air sont invisibles à ses yeux.

– Déjà debout ? je m'étonne.

– Quand je navigue, je ne dors jamais très longtemps.

Il s'assied sur le banc qui me fait face.

– Je vois que tu es descendue, dit-il.

– Oui, je voulais...

– Je sais. L'appel de la mer.

Je regarde les flux de Seldemer tourbillonnant autour de nous.

– Oui, c'est exactement cela.

– Mais tu ne l'as pas touchée. La mer, précise-t-il, tu ne l'as pas touchée.

– Non, je n'ai pas osé.

– Vas-y.

Il pose sa main devant la mienne sur la barre et soudain, l'étrave fend l'eau. Dans un gémissement sonore, le bois tremble et craque comme s'il n'avait attendu que cela. Le chuintement de l'eau s'intensifie, et des gouttelettes jaillissent jusque sur le pont. J'éclate d'un rire jubilatoire.

– La vie devrait toujours ressembler à ça, lance Gaspard.

Une longue traînée blanche se forme dans notre sillage. Nous naviguons ainsi un petit moment, puis Gaspard imprime un mouvement ascendant au bateau, et nous nous arrachons à l'emprise des vagues, perdant de vue les Seldemer ondulants.

– Gaspard, je lui demande à mi-voix, tu as déjà navigué sur ce type de bateau ?

– Un bateau volant, tu veux dire ? Oui, j'en ai remis en état un autre avant celui-ci, plus grand.

– Où est cet autre bateau ?

– Je l'ignore. Bien que je connaisse son capitaine.

Son sourire s'allonge, devenant presque carnassier, et je comprends pourquoi Camomille le surnomme « Pirate ».

– C'est une vieille connaissance, ajoute-t-il.

Son regard se perd dans ses souvenirs. Une vieille connaissance ? Je n'en saurai apparemment pas plus.

Pensive, je sonde l'immensité de la nuit. Il y a un an et demi, le monde était simple, il y avait La Ville et, à l'intérieur de ses remparts, tout ce dont j'avais besoin et tout ce que j'aimais.

À présent, je vole au-dessus de cette mer qui me semble infinie. Elle ne l'est pourtant pas, je sais qu'il y a des terres au-delà, des terres qui m'apparaîtront bientôt. Mais jamais je ne connaîtrai le monde comme je connais La Ville. Chaque pavé m'était familier, chaque recoin de verdure, chaque fontaine, chaque rue. La Ville avait des limites, je pouvais en faire le tour. Ce monde que je découvre, au contraire, paraît plus grand à chaque instant.

Il n'y a plus de remparts pour me protéger, mais il n'y a aucune frontière que je ne puisse franchir. Je suis libre d'aller partout. Le monde comme un immense terrain de jeu.

Tout autour de nous, le ciel s'éclaircit. L'aube s'ouvre au nord-est comme une fleur de givre.

– Mais… le jour revient déjà ?

– À cette période de l'année, la nuit du Nord ne dure que quelques heures.

Je regarde l'aube se lever, n'arrivant pas à me décider à rejoindre ma cabine pour dormir. Finalement, je m'allonge sur le banc et cale ma tête dans le creux de mon bras. Dérangée dans son sommeil, Bii s'étire, puis s'étend contre moi. Bercée par le vent, je m'endors aussitôt.

34

Une main sur mon épaule me secoue doucement. Je laisse malgré moi échapper un grognement avant d'ouvrir les yeux.

– On arrive, murmure Gaspard.

Ces mots me réveillent instantanément. Je me précipite vers le bastingage. L'île est là, immense. Nous approchons d'une langue de roche sombre et plissée qui s'avance dans la mer.

– Roche volcanique, lance-t-il.

Je frissonne. Jonsi, Jonsi le poète, cette île est la sienne. Aujourd'hui, alors que ce champ de lave s'étale sous mes yeux, son souvenir remonte à la surface comme un poisson nage vers les reflets du soleil et, tandis qu'il jaillit en pleine lumière, une joie intense mêlée de doute explose en moi. Peut-être Jonsi est-il là, quelque part ? Il m'avait décrit ces immenses étendues de lave craquelée que j'ai sous les yeux, et les langues de mer qui creusent le rivage. Il m'avait raconté aussi ce ciel transparent, cette lumière irréelle, ces touches de clarté qu'on dirait posées sur les montagnes par le pinceau d'un peintre fou.

Une ville aux maisons colorées surgit devant nous, posée sur une large péninsule. J'aperçois à son extrémité les digues d'un port.

Nous amerrissons bientôt et laissons le bateau sur la côte sud, dans une anse discrète. Les seuls témoins de notre arrivée sont deux chevaux gris qui ne semblent pas le moins de monde troublés par notre apparition et tournent à peine la tête pour nous regarder passer.

Cette terre si différente de la mienne me déroute. Ici, l'eau bouillonnante jaillit du sol, les volcans explosent, les glaciers glissent dans une déconcertante lenteur. Cette île est constamment en mouvement. Je sens sa vie sous mes pieds tandis que nous nous dirigeons vers la ville, une vie puissante et ancienne.

Après une heure de marche, nous atteignons les premières maisons. Les pierres et les toits de tôle, peints de couleurs joyeuses, tranchent sur le gris du ciel matinal.

Gaspard nous entraîne aussitôt vers le centre ville. Il semble heureux d'être arrivé et inspire de grandes goulées d'air avec délectation.

– Tu es venu souvent ici ? je lui demande.

– J'y ai traîné un moment, il y a une vingtaine d'années.

En marchant dans la rue, je m'étonne de l'indifférence des passants.

– Ils ont l'habitude de voir des inconnus ?

Gaspard hausse les épaules.

- Pas plus qu'ailleurs. Mais il y a beaucoup de villages disséminés sur l'île. Ils pensent probablement que nous venons de l'un d'eux.

Arrivé devant un bar de la rue principale, Gaspard nous fait signe de le suivre et pousse la porte. En bas d'une volée de marches, nous trouvons une salle déserte semée de tables en bois. Des rais de lumière où stagne la poussière en suspension percent entre de fins rideaux. Les verres sont impeccablement alignés derrière le comptoir et une ardoise clouée sur l'un des murs lambrissés affiche des prix dans une monnaie inconnue.

Gaspard parcourt la salle du regard et s'exclame :

- Eh bien, on dirait qu'il y a eu du changement par ici !

Des bruits de pas résonnent dans l'arrière-salle, et un homme apparaît. Il est presque aussi grand que Gaspard et sa barbe blonde est séparée en trois tresses distinctes. Malgré son air bourru, il m'est immédiatement sympathique.

- C'est pour quoi ? grommelle-t-il.

Gaspard éclate de rire.

- Ne me dis pas que tu t'es marié, vieux frère ?

L'homme examine Gaspard d'un air étonné.

- Je t'accorde que ma barbe a un peu poussé depuis la dernière fois, reprend Gaspard, et que ma silhouette s'est épaissie, mais que veux-tu, il est rare qu'un homme maigrisse à mesure que les années passent !

L'homme écarquille les yeux.
– Gaspard! s'exclame-t-il.
– Lui-même!
– Par ma barbe, tu es bien la dernière personne que j'aurais cru revoir dans ce coin perdu du monde! s'écrie-t-il en serrant Gaspard dans ses bras.

Les deux hommes échangent quelques jurons en riant, puis se tournent vers nous.
– June, Locki, je vous présente Gudmundur.
– Appelez-moi Gummi, déclare ce dernier en me tendant la main.

Il nous indique une table où nous asseoir, lorsque la porte d'entrée s'ouvre. Une grande femme au teint pâle paraît en haut des marches, des sacs de provisions au bout des bras. Elle a un court moment d'hésitation en nous apercevant et lance un regard étonné à Gudmundur à travers les mèches blondes qui lui tombent presque sur les yeux.
– Ma femme, Ada, lance-t-il d'une voix de stentor.
– Ah! Je savais bien que tu t'étais marié! s'exclame Gaspard. Madame, enchanté!

Remise de sa surprise, Ada s'avance vers nous. Je remarque la rondeur de son ventre lorsqu'elle déboutonne son manteau et devine qu'elle doit être enceinte.

Elle nous salue rapidement et s'échappe par l'escalier qui monte à l'étage.
– Pas de commentaires, siffle Gummi à Gaspard alors qu'elle disparaît.

Gaspard lève les deux mains vers son ami en signe de reddition.

– Très bon choix, lâche-t-il finalement.

– J'avais dit « pas de commentaires » !

– Ce n'était pas un commentaire, c'était un compliment.

– Eh bien pas de compliments non plus, s'il te plaît, grogne Gummi.

J'échange un regard amusé avec Locki.

– Ada va vous préparer des chambres là-haut, dit Gudmundur. Vous restez longtemps ?

Gaspard me regarde.

– On ne sait pas trop encore.

– Vous êtes les bienvenus, aussi longtemps que vous le voudrez. Asseyez-vous, je vous apporte de quoi vous restaurer.

Gaspard et Locki s'installent à une table pendant que notre hôte disparaît dans l'arrière-salle. Lorsqu'il ressort, je vais à sa rencontre.

– Excusez-moi...

– June, c'est ça ? fait-il en posant une carafe d'eau sur le comptoir.

– Oui. Je voudrais savoir... est-ce que par hasard... est-ce que vous connaissez quelqu'un du nom de Jonsi ?

Gummi disparaît un instant et revient avec un panier de pain et des assiettes.

– Hum. C'est un nom plutôt courant dans le coin...

– Il n'est pas originaire de l'île, je précise à mi-voix, un peu gênée de sentir que Locki et Gaspard ne perdent pas une miette de la conversation.

– Ah! Tu parles du poète?

J'acquiesce.

– Je le connais, oui. Il n'habite pas en ville, mais il passe ici de temps en temps. Il viendra. Je lui dirai que tu le cherches. Car tu le cherches, n'est-ce pas?

– Oui.

Je lui adresse un sourire de remerciement.

Alors il est ici. Il est bien ici. Une vague de chaleur monte dans mon ventre.

– Jonsi, hein? me taquine Locki.

Je détourne le visage pour qu'il ne me voie pas rougir.

35

Je ne me lasse pas du spectacle qu'offre cette baie. Chaque jour depuis que je suis arrivée, je viens m'asseoir sur les rochers. Hier, un dégradé de gris perle se déployait dans le ciel, presque violet par endroits. L'eau du fjord était lisse comme un lac d'argent. Aujourd'hui, un soleil blanc implacable diffuse sa lumière crue à travers la brume de nuages. Les bateaux, obligés de naviguer au près pour rentrer au port, se penchent majestueusement vers les vagues mousseuses.

Une chaîne de montagnes se dresse tout au fond de la baie. Des visages gigantesques se cachent dans les replis de leurs flancs : ici un nez, là des yeux clos et une bouche entrouverte. Depuis plusieurs jours déjà, des nuages bas couronnent ces géants de pierre de crinières brumeuses.

Cette île résonne en moi, mais je n'arrive pas à décider de la direction à emprunter pour trouver la Source. À quoi peut-elle ressembler ?

À une vingtaine de mètres, un groupe d'enfants joue autour d'une grosse pierre qui trône au centre d'une esplanade entre les maisons.

Je m'approche pour les observer. Tour à tour, ils plaquent un œil sur une cavité creusée au milieu de la pierre et éclatent de rire. Je me demande ce qu'ils peuvent bien y voir, mais je n'ose pas approcher de peur de les déranger.

Soudain, une fillette blonde d'environ six ans me remarque et se plante devant moi.

– T'es qui, toi ? dit-elle d'une voix aiguë mais assurée.

Immédiatement, les autres la rejoignent. Je me retrouve entourée d'une petite meute qui me bombarde de ses yeux vifs.

– Je m'appelle June.
– Je t'ai jamais vue. Tu viens d'où ?
– De l'autre côté de la mer, par là-bas.

Un court silence suit cette déclaration, pendant lequel les enfants se jettent des regards dubitatifs.

– Et tu es venue comment ? demande un garçon qui semble l'aîné de la bande.
– En bateau.
– Il est où ton bateau ?

À cet instant, Bii, qui jusque-là dormait sous mon manteau, se met à gigoter. Son museau émerge de mon col.

– Ooooooooh ! lâchent les enfants en chœur.
– Qu'est-ce que c'est ? demande la fillette blonde.

Je n'ai pas envie de les décevoir en leur disant que je l'ignore. Alors, j'improvise.

– C'est une sorte d'écureuil. Elle vit dans les arbres, c'est pour ça qu'elle a des poils verts, pour pouvoir se cacher.

Les enfants boivent mes paroles, les yeux écarquillés.

– Elle s'appelle comment ?
– Bii.

Un garçon avance sa main avec empressement pour la toucher, mais Bii s'échappe de mon col et saute sur le sol.

– Doucement Solvin, s'exclame la fillette blonde, tu lui fais peur !

Le dénommé Solvin prend un air penaud. Bii passe devant moi en trois petits bonds, intriguée par les enfants, et elle finit par se laisser caresser. Seule, une fillette brune se tient à l'écart, les yeux fixés sur l'animal.

Je lance :

– Qu'est-ce que vous faisiez tout à l'heure autour de la pierre ?

– Ben, on regardait le peuple caché, me répond Solvin comme s'il énonçait une évidence.

– Le peuple caché ? je demande, intriguée. Qu'est-ce que c'est ?

– Les petites gens qui vivent dans les cailloux.

– Donc, il y a des gens dans les cailloux ?

– Bien sûr ! Mais ils se cachent, parce qu'ils sont timides.

– Parfois ils se laissent voir, me confie Solvin.

Je lui souris.

– Tu en as déjà vu, toi ?

– Oui, dit-il avec fierté, j'en ai vu un, une fois. Il portait un gros gilet gris qui lui tombait jusqu'aux pieds.

– Pas du tout, le contredit aussitôt la fillette blonde, ils sont au moins grands comme ça (elle place sa main au niveau de ses hanches). Et ils portent toujours un bonnet de laine.

– Et ils sont gentils ? je leur demande.

– Oui, très !

– Enfin, ça dépend, dit l'aîné de la bande.

– C'est vrai, renchérit un autre, ça dépend. Si tu déplaces la pierre où ils vivent, ils peuvent devenir méchants. Faire mourir des moutons. Faire rouiller ton bateau.

– Mais si tu es gentil avec eux, ils sont gentils avec toi, conclut la fillette blonde. On doit rentrer manger maintenant, s'excuse-t-elle.

Les enfants se séparent à regret de Bii et s'éparpillent. Je les regarde disparaître, songeuse. De petits êtres qui ne se laissent voir que par certaines personnes et que tous les enfants jurent avoir vus... Les similitudes avec ce que je sais des peuples invisibles sont troublantes. Est-ce que ce peuple caché est apparenté aux Sylphes ?

Perdue dans mes réflexions, je ne remarque qu'au dernier moment le retour de la fillette brune qui se tenait à l'écart tout à l'heure. Elle me dévisage et semble en proie à un important conflit intérieur, oscillant d'un pied sur l'autre.

– Comment tu t'appelles ? je demande.
– Hanna.

Elle jette un coup d'œil à Bii, perchée sur mon épaule, et se mordille les lèvres. J'ai peur de la faire fuir en parlant, alors je garde le silence, attendant qu'elle se décide. Deux corbeaux passent au-dessus de nous. Hanna lève la tête vers eux et nous observons pendant quelques secondes leur vol saccadé. Puis la fillette me regarde droit dans les yeux.

– Bii, c'est un *esprit*, lâche-t-elle. Et les esprits s'attirent entre eux.

– Un *esprit* ? Qu'est-ce que tu veux dire ?

Elle lève à nouveau son visage vers le ciel et précise très vite :

– Un esprit protecteur. Seuls les sorciers savent.

Soudain elle tourne les talons et s'élance vers les maisons. Perplexe, je la regarde disparaître à l'angle de la place.

J'attrape Bii, la pose sur ma main, l'examine sous toutes les coutures.

– Qui es-tu, adorable chose ?

– Biiiii, répond-elle doucement en touchant mon nez.

J'éclate de rire tandis qu'elle s'accroche à mon écharpe et se pelotonne dessous. La faim commence à se faire sentir. Je quitte la rive du fjord et rentre chez Gudmundur.

36

Gudmundur m'interpelle au moment où j'entre dans la salle principale, toute remplie du brouhaha des marins qui viennent y déjeuner.

– June, lance-t-il en se faufilant à côté de moi avec une pile d'assiettes sales dans les bras. Il est passé tout à l'heure, il a demandé que tu le rejoignes au jardin botanique !

Je mets un moment à comprendre de qui il parle.

– Jonsi ? Jonsi est passé ?

– Oui, ce matin, tu étais déjà partie. « Dis-lui que je serai au jardin botanique », ce sont ses propres mots.

D'un coup, ma faim disparaît. Immobile dans une allée entre les tables, j'oublie les voix fortes des hommes, l'odeur âcre du poisson et celle plus ronde du café.

Je vais le revoir.
Je vais le revoir.

Est-ce que Jonsi me reconnaîtra ? Et moi, le reconnaîtrai-je ? Son visage est flou dans mes souvenirs. Je ne me rappelle parfaitement que ses mains fines et blanches qui voletaient devant lui tandis qu'il parlait.

Depuis notre arrivée sur l'île, j'ai imaginé des dizaines de versions de notre rencontre. Des films projetés dans ma tête, puis rembobinés, et déroulés encore, chaque fois enrichis d'infimes détails. Pourtant, je sais que la réalité sera différente.

Essayant de dissiper l'appréhension qui se noue dans mon ventre, je demande à Gudmundur l'emplacement du jardin botanique.

– Tout au bout de la péninsule, répond-il en virevoltant entre les tables, tu ne peux pas le manquer !

Je monte dans la petite pièce qui me sert de chambre et me plante devant le miroir carré fixé au mur au-dessus du lavabo. J'examine un moment les cernes qui marquent mes yeux, les légères rougeurs sur ma peau et le chaos de mes cheveux courts. Quand j'ai rencontré Jonsi, mes cheveux tombaient jusqu'au bas de mon dos. Je ne regrette pas de les avoir coupés, mais je me sentirais plus à l'aise s'ils s'y trouvaient encore. Plus à l'aise, ou plus féminine.

Bon, ça, je n'y peux rien, mais de subtiles améliorations sont envisageables !

L'avantage d'avoir grandi entourée de filles, c'est que je suis plutôt compétente dans l'art du maquillage. L'inconvénient de mon départ précipité, c'est que je n'ai pas emporté d'autre matériel que ce qui traînait déjà au fond de mon sac à dos. Un crayon noir, une mousse de teint couleur peau et un minuscule pot de baume teinté pour les lèvres que j'ai soigneusement économisé depuis. Je les sors de mon sac et me mets au travail.

Étrange de refaire ces gestes. Passer le crayon sur mes paupières. Estomper la mousse du bout des doigts. Ce rituel m'apaise. Il y a quelque chose de tellement intime dans ce face-à-face avec son reflet où l'on tente de gommer les différences entre soi et son idéal. Lorsqu'on se maquille, on se contemple telle qu'on aimerait que l'on nous voie, mais aussi telle que l'on n'ose pas être. C'est au moment de se créer un masque que le masque tombe tout entier.

Je n'avais pas remarqué que mon visage s'était à ce point affiné. Je n'y retrouve plus les rondeurs enfantines familières, et mes yeux ressortent d'autant plus. D'un doigt, j'applique le baume sur mes lèvres, qui s'assouplissent et se colorent d'un rouge framboise transparent.

J'adresse un sourire à mon reflet avant d'entrouvrir les battants de la fenêtre. Bii se redresse, alerte. Je lui gratte doucement la tête.

– Je sors, ma jolie. Si tu veux te balader, la fenêtre est ouverte.

Bii m'adresse un regard implorant.

– Non, petit monstre, cette fois tu ne viens pas !

Ses soyeux poils verts se hérissent dans une attitude boudeuse. Je dévale les escaliers en enroulant mon écharpe autour du cou et me fraye un passage jusqu'au dehors.

Effectivement, le jardin est facile à trouver. Il est tout en longueur, semé de parcelles de fleurs bourgeonnantes, d'arbres et de pelouse.

Jonsi est quelque part au milieu de ces grandes allées de sable épais qui crisse sous mes pas, caché dans un coin de pelouse, parcourant un minuscule chemin entre les massifs de fleurs blanches et jaunes qui commencent à éclore, ou peut-être debout près de ces arbres étranges au feuillage parsemé de baies écarlates.

Est-ce qu'il me cherche ?

Non, je ne le pense pas. Jonsi attend que je le trouve. Il laisse faire le destin… moi, en l'occurrence, qui fouille chaque recoin de ce labyrinthe verdoyant.

Le jardin monte en pente douce. J'escalade une colline à la végétation en friche. Un couple âgé marche doucement devant moi. Emmitouflés dans d'épais anoraks, ils s'appuient l'un sur l'autre. Je me cale un moment sur leur pas.

Je m'assieds sur un banc un peu à l'écart. Mes yeux parcourent les allées en contrebas. De temps en temps, mon regard s'arrête, ma respiration se suspend et les battements de mon cœur s'accélèrent jusqu'à ce que, chaque fois, l'évidence s'impose : ce n'est pas lui.

Je me lève, je marche à nouveau, le soleil froid posé sur ma peau comme une promesse.

Soudain, je m'arrête. Allongé sur un banc en bordure de l'allée, à l'ombre d'un arbre, un homme brun en veste de toile noire et jean clair. Je distingue mal son visage, à peine le tracé de son profil. Je crois qu'il a les yeux fermés.

Hésitante, je m'approche sans bruit et l'observe. Ses traits sont tirés autour de ses paupières closes, un minuscule froncement de sourcils plisse son front. Ses cheveux en bataille forment une crête floue au-dessus de sa tête. Il a l'air fatigué, comme s'il revenait de très loin.

Alors je n'ai plus de doutes.

C'est bien lui.

Forçant ma respiration à ralentir son rythme effréné, je m'approche jusqu'à le toucher. Le bruit de mes pas qui murmurent sur le sable le sort de ses pensées et il plisse les yeux en me regardant, ébloui par la lumière du soleil qui filtre entre les feuilles de l'arbre.

– June, dit-il doucement.
– C'est moi.

Il se redresse. Il a un mouvement vers moi, comme pour me toucher, mais il s'interrompt et son bras retombe le long de son corps.

– Tu es là, tu es vraiment là.
– Oui.

Un sourire monte à ses lèvres et se faufile dans ses yeux.

– Pourquoi ?

Je m'assieds près de lui. Après un court silence, je lui explique les raisons de ma venue. Parler m'apaise et si mon trouble ne disparaît pas complètement, je me surprends bientôt à plaisanter avec lui comme si quelques heures s'étaient écoulées depuis notre première rencontre. Ce que j'aurais caché à d'autres, par peur de ne pas être crue, je le lui livre entièrement.

S'il y a quelqu'un qui peut me croire, c'est bien Jonsi.

37

Le Veilleur de Lumière et son apprenti avaient ôté leur couronne de vision. Pourtant incapable de se concentrer sur son travail, Nathanaël fixait intensément le cercle de métal accroché à son pupitre. Le Veilleur remarqua le pli amer au coin des lèvres du jeune homme.

– Elle ne nous appartient pas, tu sais, lança-t-il.
– Je sais.

Nathanaël releva la tête, croisa le regard bienveillant de son maître.

– C'est compliqué, murmura l'apprenti.
– Quoi donc ?
– D'être lié à tout ce que nous traversons. Je veux dire, lié intimement, dans ma vie personnelle. Je connais June depuis l'enfance, puisque vous aviez envoyé ma mère habiter dans son village pour la surveiller. J'étais avec elle et Locki le jour où leur maison a brûlé. Nous avons vu la fumée, nous nous sommes mis à courir... Les villageois tentaient d'éteindre les flammes, mais c'était déjà trop tard. June était debout au milieu de ses voisins qui couraient dans tous les sens,

impuissante, pétrifiée par l'horreur. Je me rappelle avoir été surpris parce que ses yeux si bleus étaient devenus sombres, mangés par ses pupilles dilatées, comme deux trous noirs de douleur. Son visage... je me souviendrai toujours de la révolte qui s'y est inscrite. Je l'ai entendue répéter « Ce n'est pas juste » plusieurs fois, comme si elle récitait une prière. Elle n'a pas pleuré. Elle n'a pas crié. Elle n'a pas couru vers les flammes. Simplement cette phrase d'enfant, « Ce n'est pas juste » et, au bout de ses bras, deux petits poings serrés qui tremblaient. Les vitres de la maison ont volé en éclats dans un nuage d'étincelles. June a posé une main sur l'épaule de son frère. Et ce n'est qu'à ce moment-là que des larmes ont jailli de leurs yeux, exactement au même instant.

« Après ça, ils sont allés vivre chez leur tante. Je crois que j'étais un peu amoureux d'elle, de June, je veux dire, et peut-être qu'elle m'aimait bien, mais nous n'étions que des gamins. Ils m'ont sans doute oublié, et même si je me retrouvais en face d'eux – ce qui n'arrivera pas –, ils ne sauraient pas qui je suis.

Nathanaël marqua une pause avant d'ajouter avec une pointe de défi dans la voix :

– Quand il s'agit de June, je ne peux pas être un simple observateur qui analyse froidement ce qui se passe pour prendre des décisions. J'ai été au cœur d'événements qui ont fait basculer sa vie, je les ai vécus, ressentis, ils font partie de moi. Mais j'ai été choisi pour devenir Veilleur. Je

sais faire la part des choses, je sais que ma tâche importe plus que ce que je peux ressentir.

Nathanaël se tut. Le Veilleur de Lumière sourit, puis il demanda d'une voix douce :

— Nathanaël, quel est l'objectif premier ?

Même s'il sembla surpris, Nathanaël répondit sans hésiter à la question rituelle.

— Accomplir la Mission.

— Qu'est-ce que la Mission ?

— Préserver et restituer à tous les hommes les savoirs oubliés.

— Comment accomplir la Mission ?

— En consacrant ma vie à l'étude. En agissant en accord avec le Cercle de toutes les manières que je jugerai justes.

Le Veilleur acquiesça et ajouta :

— Comment prend-on une décision juste ?

Nathanaël fronça les sourcils, puis il devina où son maître voulait en venir, et son visage se détendit.

— Tu prendras des décisions juste en essayant de comprendre ce que tu ressens, affirma le Veilleur sans attendre la réponse de son apprenti. Tu n'as pas à rejeter l'émotion au profit de la rationalité. L'une et l'autre peuvent cohabiter.

38

Après deux heures de marche vers l'intérieur des terres, nous arrivons en vue d'une maison posée au sommet d'une colline tapissée d'herbe vert tendre.

– Mon château, déclare Jonsi en désignant la modeste bâtisse.

En entendant sa voix, les cinq chevaux qui paissaient tranquillement près des clôtures de bois relèvent la tête joyeusement, les oreilles pointées en direction de leur maître. Jonsi s'avance vers eux.

– Salut, mes grands ! Il va encore falloir que je vous déplace si vous continuez à tondre l'herbe à cette vitesse...

Il tend la main par-dessus la clôture de bois pour caresser l'encolure d'un cheval à la robe entièrement noire, excepté une longue tache blanche qui s'étend du haut du chanfrein jusqu'à ses naseaux.

– Lui, m'apprend Jonsi, c'est Flocon.

Les autres chevaux approchent à leur tour pour récolter leur part de caresses.

– J'ai quelqu'un à vous présenter, mes grands ! Regarde, me lance-t-il, ils viennent tous te saluer !

J'approche ma main, leurs souffles chauds glissent sur ma paume tandis que je les laisse s'habituer à mon odeur. L'un d'eux, un alezan qui a tant de poils blancs sous le menton qu'il semble barbu, me mordille et cherche mes poches pour voir si je n'y cache pas de nourriture. Déçu, il se détourne et replonge son nez dans l'herbe du champ.

– Il fait son vieux grincheux, sourit Jonsi, mais au fond, c'est un tendre. Ces deux-là sont trop âgés pour voyager, ajoute-t-il en désignant une jument à la robe fauve qui a emboîté le pas au vieil alezan. Nous partirons avec les trois autres.

J'acquiesce.

Jonsi m'a convaincue de rencontrer cette femme qui habite à une journée à cheval, en bordure d'un fjord, plus au nord. Elle connaît parfaitement l'île, paraît-il, et bon nombre de ses secrets. Locki nous accompagnera. Nous avons rendez-vous demain matin avec lui, à la sortie de la ville.

Gaspard préfère rester chez Gudmundur pour garder un œil sur le bateau. Et sur cette dame aux cheveux roux flamboyants qui ne le quitte plus...

Jonsi chuchote des secrets à l'oreille du cheval noir nommé Flocon. Une petite jument grise à la crinière d'écume s'est approchée silencieusement et me regarde avec méfiance. Je suis incapable de me détourner tant le mélange de douceur et de sauvagerie de son regard me fascine. J'approche ma main, doucement. La jument souffle, sa peau tressaille, mais elle ne bouge pas tandis que mes doigts se glissent sous l'abondant toupet de crins clairs qui tombe entre ses yeux. Appréciant la caresse, elle ferme les paupières à demi, puis frotte vigoureusement sa tête contre ma main.

– Je crois qu'elle t'aime bien, dit Jonsi.

– Moi je crois qu'elle me prend juste pour un tronc d'arbre!

Jonsi éclate d'un rire clair.

– Techniquement, tu *es* un tronc d'arbre.

Je ris avec lui, me remémorant la Sylphide assise sur sa branche, sa peau se confondant avec celle de l'arbre, et ses cheveux aux reflets verts comme une cascade de mousse tombant sur l'écorce.

– Tu crois que le Souffle m'a rapprochée des Sylphes au point qu'un cheval me confonde avec un arbre? je demande en plaisantant.

L'idée semble lui plaire.

– Qui sait… dit-il avec un doux sourire.

Il m'entraîne vers la maison. Un ruisseau dévale la pente, jusqu'à croiser un barrage à côté duquel se dresse une cabane.

Je m'interroge un instant sur sa fonction, avant d'être happée par la vue. Sous un ciel à la limpidité parfaite, j'aperçois en contrebas la ville et son patchwork de toits colorés. Deux fjords encadrent la péninsule et, au-delà, la mer, pailletée de reflets argentés.

Jonsi m'invite à entrer. La maison est formée d'une seule pièce et le mobilier y est réduit au strict nécessaire. Chaque mur est percé d'une large fenêtre, donnant l'impression que le bâtiment ne fait pas obstacle au monde, mais qu'il en fait simplement partie.

Il pose sa veste noire sur l'une des deux chaises qui entourent la table de verre. En l'imitant, je remarque un coin cuisine et une porte qui mène probablement à la salle de bains. Un lit au ras du sol repose dans un angle, entouré de livres et de carnets.

Jonsi s'active, ouvre les fenêtres, rassemble quelques feuilles éparpillées.

– Thé ? demande-t-il en s'approchant du coin cuisine.

J'acquiesce.

Une fois les fenêtres grandes ouvertes, l'impression que ce lieu est traversé par le dehors devient encore plus évidente.

Jonsi revient avec deux tasses fumantes. Nous nous asseyons à table et je souffle doucement sur le thé pour le faire refroidir, perturbant la danse des volutes d'arôme.

Un tas de feuilles blanches est posé sur un coin de la table. Au-dessus de la pile, un dessin.

Des traits légers, aériens, formant d'étranges personnages tracés à l'encre noire dans un paysage tout en courbes. Quelques mots sont lancés çà et là sur la feuille comme on lâche des ballons dans le ciel.

– Tu m'as dit être poète, Jonsi, mais tu ne m'as jamais parlé de ce que tu écris.

Il baisse les yeux. Après un court silence gêné, le regard fixé sur le tas de feuilles, il explique :

– J'écris, parfois. Mais il n'y a pas besoin de mots pour être poète. La poésie est un état. Les mots ne sont qu'un vecteur, un moyen pour laisser sortir de soi la grâce et la fulgurance. Il y en a d'autres.

– Comme dessiner?

– Dessiner, regarder, danser, aimer...

Il appuie légèrement sur ce dernier mot, et cela ne fait qu'augmenter la confusion que crée en moi le fait d'être seule avec lui. Je porte la tasse à mes lèvres pour retrouver contenance. Mon regard s'arrête sur ses mains. Malgré moi, je les imagine sur ma peau. Je tente de chasser ces images, en vain. Je me lève, m'approche de la fenêtre, tourne le dos à Jonsi. Je sens le poids de son regard posé sur moi.

Tiraillée entre mon désir et mes peurs, je reste là à me demander ce que je veux vraiment. J'ai beau avoir grandi dans un bordel en entendant régulièrement les filles parler de leurs clients, je n'ai jamais eu l'occasion de... je veux dire, je ne l'ai jamais fait, et... la théorie est une chose bien différente de la pratique.

– June ? murmure-t-il, indécis face à mon silence.

Je me tourne vers lui, et la douceur de son regard balaie mes doutes. Jonsi habite mes pensées depuis plus d'un an. Aujourd'hui qu'il est devant moi, ce que je veux, c'est lui. Lui tout entier. Il m'est urgent de l'aimer. Vital. Me sentant plus vulnérable que je ne l'ai jamais été, je dis :

– Aimer ? Montre-moi.

Les commissures de ses lèvres se creusent en un sourire joyeux. Il se lève et s'approche. Je me laisse aller contre lui tandis qu'il m'entoure de ses bras. Trop doucement. Envie qu'il me serre fort, très fort, jusqu'à ce que je ne sache plus où finit mon corps et où commence le sien. Son souffle raccourci par le désir se perd dans mes cheveux. Je sens qu'il se contrôle.

– Tu es sûre ? murmure-t-il.

Je souris et, dans un élan d'audace dont je ne me serais pas crue capable, je l'entraîne vers le lit. Ses mains glissent sur mon ventre, remontent doucement. Avec délicatesse, il déroule la bande de tissu qui cache ma spirale. Il ne semble pas surpris de la voir apparaître, et sa bouche la parcourt spire après spire, faisant naître en moi une agréable onde colorée. Alors que ses doigts effleurent la pointe de mes seins, un gémissement de plaisir s'échappe de ma bouche et toute idée de contrôle m'abandonne.

Passionnément, mon corps vole l'empreinte du sien.

Bien après que l'onde du désir est retombée, bien après que je me suis lovée dans ses bras en silence, Jonsi se lève. Je ne bouge pas. Aucune envie de quitter ce lit qui garde encore en creux la trace de son corps. Je souris en voyant le pantalon informe et le vieux tee-shirt délavé qu'il enfile. Chacun de ses gestes me donne envie de l'attirer de nouveau à moi. Le sang monte à mes joues en repensant à notre étreinte. Je ne me savais pas capable d'un tel abandon.

Jonsi s'assied à table, saisit un crayon, commence à dessiner. Qu'il choisisse ce moment pour travailler me trouble. J'aimerais me blottir de nouveau contre sa peau. Discuter. Entendre résonner autre chose que son silence concentré, dans lequel je ne trouve pas ma place.

Mes yeux fuient par la fenêtre ouverte. Il doit être tard, mais la lumière du soleil entre encore à flots dans la maison.

Je m'assoupis.

39

Un mouvement me réveille. Jonsi a posé sur la table un rectangle aux reflets métalliques. Il l'ouvre, révélant à l'intérieur une surface couverte de petits boutons carrés, et une autre lisse comme un miroir, entièrement noire. Je m'assieds, intriguée. J'ai entendu parler de ce genre de machine, mais je n'en avais jamais vu qui soit encore en état de marche. Soudain, la surface lisse devient lumineuse et l'écran laisse apparaître l'image d'un poisson multicolore.

– Il fonctionne ? je m'étonne.
– Parfaitement.
– Mais comment ?
– Le barrage sur le ruisseau donne assez d'énergie pour que je puisse m'éclairer et recharger quelques machines. Dont celle-ci. C'est l'avantage de vivre dans un endroit où il y a tant de rivières et de cascades.

Chez moi, lorsque les grandes centrales à énergie se sont arrêtées, plus rien ne fonctionnait.

Mais ici, l'énergie vient de l'eau, et l'eau n'a pas cessé de couler. Si, à La Ville, l'énergie a toujours été réservée à l'éclairage public et à l'usage personnel de quelques privilégiés, il en est autrement sur cette île.

J'observe Jonsi qui se remet au travail. Il voyage loin de moi, quelque part dans les méandres de son esprit. Il écrit. Cette presque absence a beau être difficile à vivre, je me sens privilégiée d'assister à ce moment de création. Ses doigts volent d'un petit carré à l'autre et les pressent avec un claquement léger. Parfois, il tape plus fort, comme s'il sculptait les mots à même le clavier. Un rythme se dégage, puis se rompt, et un autre se crée.

Je comprends qu'elle se trouve là, cette poésie dont il parle, tout entière contenue dans les interstices sombres qui séparent les touches, ces gouffres minuscules qu'il faut franchir, encore et encore, pour que des mots s'assemblent sur l'écran. La poésie de Jonsi est dans les lignes qui séparent les choses. Son esprit s'abrite dans ces frontières – le trait sur sa feuille, la surface d'une goutte d'eau, la courbe d'un pétale, la peau de mon ventre, la ligne de l'horizon – et il y danse jusqu'à saisir un semblant de grâce, une parcelle d'absolu.

Soudain, Jonsi interrompt le cliquètement de ses doigts sur le clavier. Il tourne la tête vers moi et me regarde comme s'il ne m'avait pas vue depuis une éternité. Aussitôt, ma mélancolie s'évapore. Il pointe son doigt vers la fenêtre.

– Tu sais, dit-il comme s'il reprenait le fil d'une conversation interrompue, c'est à cause d'elle que je suis là.

Je regarde dehors sans comprendre.

– Elle ?

– L'étoile du Nord.

J'aperçois enfin le frêle pétillement qui vient d'apparaître dans le ciel encore clair.

– Quand j'ai quitté la ville où je suis né, raconte-t-il, c'était le matin. Les étoiles commençaient à pâlir dans le ciel. Toutes, sauf elle, qui scintillait vaillamment. J'ai eu l'impression qu'elle m'appelait. Alors j'ai marché dans sa direction, m'arrêtant pendant la journée, me remettant en marche dès qu'elle apparaissait dans le soir. Et lorsque j'ai été bloqué par la mer, l'étoile était encore là, qui m'appelait. Dans un port, j'ai trouvé un bateau qui partait vers le nord. Ils ont accepté de m'emmener, et je me suis retrouvé ici.

– Pourquoi est-ce que tu n'es pas allé plus loin ? Est-ce qu'il n'y a pas d'autres terres, plus au nord ?

– Probablement, mais j'étais arrivé. Je l'ai compris à l'instant où j'ai posé le pied sur cette île. C'est chez moi ici, c'est vers cette terre que l'étoile m'emmenait.

– Pourtant tu as choisi un endroit où tu ne peux la voir qu'une ou deux heures par jour…

Jonsi rit.

– C'est parce que nous sommes au printemps ! L'hiver, les nuits durent parfois vingt heures, et tout ce temps, l'étoile du Nord brille comme une dent de fée.

Je souris, tentant de me figurer ce que peut être la vie lorsqu'on n'a qu'un court moment de jour et des nuits interminables.

– Tu verras, reprend Jonsi, là où nous allons, dans la vallée où vit Solveig, il y a une immense cascade. Et il y a un rocher tout près qui ressemble à un grand dragon aux ailes déployées...

Jonsi parle longtemps. Je contemple ses lèvres qui s'ouvrent et se ferment, laissant passer ces ribambelles de mots qui vibrent dans l'air et s'échappent par la fenêtre ouverte. Chaque fois qu'il me regarde, une nouvelle étoile brille dans ses yeux.

Jonsi, tu es le monde.
Mon monde.
Le seul que je veux.
...
Et que je ne pourrai pas avoir.

Cette révélation me délivre une douleur sourde. Je sais que je ne resterai pas ici. Je sais que bientôt, je devrai partir. Je l'ai toujours su mais, jusqu'à présent, je ne voulais pas le voir.

Aussi abruptement qu'il a commencé à parler, Jonsi se tait. Il se lève, me rejoint. Sa tête se pose sur mon ventre et je glisse tendrement ma main sur son front.

Tandis que ses caresses et les miennes se font plus appuyées, une sourde appréhension s'insinue dans mes pensées.

Jonsi exerce sur moi un pouvoir étrange que je ne suis pas sûre de pouvoir contrôler. Ni de le vouloir.

Puis-je vraiment laisser quelqu'un avoir une telle emprise sur moi ?

Je devrais accorder toute mon attention à la Source, tenter de la localiser.

Je devrais chercher à connaître ces nouveaux flux d'air que j'ai remarqués sur l'île ces derniers jours.

Je devrais résister à cette force qui m'attache à lui. Mais je comprends qu'il est trop tard. Étrangement, cela me rend heureuse. Et alors que la bouche de Jonsi trouve son chemin vers la mienne, mes craintes se dissipent comme la brume au soleil.

La nuit du Nord est bien trop courte.

40

L'unique route longe la côte. Il n'existe aucun raccourci à travers les champs de lave et les hautes montagnes qui s'élèvent à notre droite.

Retranché dans l'habituelle réserve qu'il revêt dès qu'il est en présence d'étrangers, Locki chevauche en tête sur une jument baie. Il n'a pas prononcé plus de trois mots depuis que nous l'avons retrouvé à la sortie de la ville, à peine un sourire entendu lorsqu'il a surpris ma main posée sur le dos de Jonsi.

Bii, que j'ai retrouvée avec Locki, m'en veut visiblement de l'avoir abandonnée. Elle s'est perchée sur la tête de ma jument pour bouder.

Je suis étonnée par le nombre de chevaux que nous croisons, parfois dans des enclos, parfois en liberté au bord de la route.

– Même du temps des voitures, m'explique Jonsi, chaque habitant de l'île avait son cheval. Il ne le montait pas forcément. Mais il en prenait soin, comme ses ancêtres le faisaient.

Sur l'île, un homme sans cheval n'est qu'un demi-homme. C'est d'autant plus vrai aujourd'hui que c'est le seul moyen de se rendre dans l'arrière-pays.

– Il n'y a plus du tout de voitures ? je demande.

– Moins d'une dizaine, réservées aux cas d'urgence. Les autres ont rouillé depuis longtemps.

Mon regard se perd sur les montagnes plissées et les falaises vertigineuses dont la part manquante semble s'être écroulée d'un coup dans la mer. Des centaines d'îlots émiettés entre les rives du fjord sont comme les vestiges de combats titanesques.

Et pourtant, l'herbe inonde chaque vallée, et les langues d'eau gris-vert qui s'avancent dans la terre, fjords majestueux, n'inspirent que la paix. Des centaines d'oiseaux volent devant la falaise et abritent leurs nichées dans des trouées. Aussi bouleversée que soit cette terre, la vie s'en accommode.

Finalement, Bii cesse de bouder et élit domicile sur le pommeau de ma selle. Elle ne cesse de jeter des regards curieux autour d'elle. Nous chevauchons de longues heures. Au milieu de la journée, nous nous arrêtons pour nous restaurer.

Je m'approche du rivage et passe un peu d'eau sur mon visage quand, soudain, la spirale sur mon ventre se met à pulser, comme un signal d'avertissement.

Je me retourne.

Locki pousse un rugissement de colère. Il se débat et hurle :

– Lâche-moi !

Je me précipite vers lui sans comprendre, puis je distingue une ombre dans son dos, une ombre qui n'est pas la sienne. Jonsi attrape par la bride les chevaux effrayés qui menacent de s'enfuir. Je saisis le poignet de Locki. Il me regarde et, dans un murmure étranglé, il lâche :

– Non...

Un voile de terreur recouvre ses yeux. L'ombre derrière lui, une brume d'encre mouvante, ne cesse de se transformer. Les paupières de Locki se ferment. Il se redresse, cesse de lutter.

Lorsqu'il ouvre ses yeux à nouveau, ce n'est plus lui que j'y trouve. Il sourit. Je ne lui ai jamais vu ce sourire-là, presque une grimace.

– Locki, qu'est-ce...

Je n'ai pas le temps d'achever ma phrase que son poing jaillit. L'entraînement prend le dessus et je pare sans réfléchir. Locki enchaîne les coups, la silhouette sombre collée contre son dos. Je recule, cherchant le havre de calme pour invoquer le Souffle. Des flux d'air glissent le long de mes bras, n'attendant qu'une impulsion de ma part pour bondir.

J'hésite.

J'ai peur de blesser mon frère.

Je crie :

– Locki, reviens ! J'ai besoin que tu reviennes ! Bats-toi !

Il ne m'entend pas. Ses frappes redoublent de vitesse. Je ne tiendrai pas longtemps.

— Cherche le calme, Locki ! Trouve l'harmonie ! Elle est quelque part en toi.

Son visage se tord en un rictus horrible. Son poing m'atteint à la mâchoire. De la sueur perle à mes sourcils. Malgré la douleur qui m'étourdit, je continue à crier :

— Locki ! Tu es Locki ! Tu es mon frère ! Souviens-toi...

Un éclat de lucidité passe dans ses yeux. Ses coups ralentissent. Soudain, dans un grognement sourd, il s'accroupit. L'ombre est toujours debout derrière lui. Aussitôt, je libère les flux, qui bondissent vers elle et l'enserrent comme un filet. La créature tente de s'élever, mais je la retiens au sol. Mon frère s'assied, le souffle court, le visage creusé par l'effort. Il tourne son visage vers l'ombre.

— Sors de ma tête, crache-t-il. Sors !

Je resserre un peu plus les flux autour d'elle. Elle gémit, se débat. Puis elle s'immobilise.

Je m'approche. Son visage de brume est à quelques centimètres du mien. Ses yeux noirs sont terriblement humains. Elle gémit une dernière fois et, avec un cri aigu, se tord et se dissipe. Ses deux yeux insondables me fixent un instant, suspendus dans le vide, puis disparaissent. Je libère les flux d'air.

D'une voix hésitante, Jonsi demande :

— Qu'est-ce qui s'est passé ?

– Une Oldariss a pris possession de Locki.
Je m'accroupis à côté de mon frère.
– Ça va ?
Il acquiesce.
– Désolé, lâche-t-il sombrement.
– Tu n'y es pour rien.
– Aujourd'hui, j'aurais préféré ne pas savoir me battre.
Je passe un bras réconfortant autour de ses épaules.
– Ne traînons pas ici.

Après avoir calmé nos montures, nous reprenons la route. Un masque indéchiffrable sur le visage, Locki ne dit mot.
Bientôt, nous dépassons la pointe de la péninsule et découvrons un nouveau fjord. Au fond, une montagne se dresse, immense. Un épais nuage recouvre son sommet et la pluie tombe sur ses flancs en fines raies obliques, se mêlant à l'eau d'une puissante cascade, sûrement celle dont m'a parlé Jonsi.
– La montagne sacrée, annonce-t-il.
J'observe la haute silhouette qui se profile sur les nuages.
– Elle a l'air... menaçante.
– Oui, je l'ai rarement vue aussi sombre.
Nous forçons l'allure, pressés d'arriver à destination.

Bientôt, j'aperçois une maison construite sur la rive, près de l'endroit où la cascade se jette dans le fjord, créant des remous gris et bleutés à la surface.

– Nous voici chez Solveig, annonce Jonsi.

– Est-ce qu'elle ne sera pas étonnée de nous voir débarquer ? s'inquiète Locki, sortant de son mutisme.

– Non, dit Jonsi, elle sait que nous arrivons.

Je me tourne vers lui, surprise.

– Elle le sait ? Comment ?

– Nous avons dépassé la pierre sentinelle. La grande pierre levée, sur le bord de la route.

Face à nos regards perplexes, il ajoute :

– Solveig sent quand quelqu'un passe à proximité. Je te parie que, lorsque nous entrerons, un dîner pour cinq personnes fumera sur sa table et qu'elle sera en train de guetter notre approche derrière ses rideaux.

– Cinq personnes ? je m'étonne.

– Solveig vit avec sa fille.

– Ah.

J'imaginais qu'elle vivait seule.

– Une pierre sentinelle ? s'étonne Locki après quelques secondes de silence. De quoi s'agit-il ?

Jonsi tire doucement sur les rênes de Flocon, son cheval noir, pour l'empêcher de partir au trot. Les bêtes sentent que la fin du voyage est proche, elles allongent le pas et tirent sur leur mors.

– Les anciens prétendent que chaque enfant né sur cette île est lié à une pierre, explique Jonsi, mais qu'il ne la trouvera pas forcément.

Je secoue la tête avec un bruit de gorge résigné.
– Tout le monde est un peu sorcier, ici, hein ?
– Tu commences à comprendre où tu as mis les pieds ! Tout le monde est un peu sorcier, oui, ou un peu poète, ce qui revient au même. Tu vois, ajoute-t-il malicieusement, tu ne dénotes pas dans le paysage !

41

— *Quelqu'un a-t-il un autre sujet à aborder ? demanda le doyen du Cercle.*
— *J'en ai un, en effet, répondit le Veilleur de Lumière en se redressant sur son fauteuil pour attirer l'attention.*

Tous les visages se tournèrent vers lui. Des jours durant, le Veilleur avait ressassé les critiques de son apprenti. Des jours durant, il avait hésité. Mais il avait dû admettre que Nathanaël avait raison : les Veilleurs cachaient beaucoup de choses à June.

Le Veilleur de Lumière se redressa et lança d'une voix claire :
— *J'aimerais informer June de la manière dont la première Source a été éteinte.*

Un silence de plomb suivit cette déclaration, puis des murmures de protestation s'élevèrent et enflèrent rapidement. La voix du Veilleur d'Alchimie s'éleva au-dessus du tumulte :
— *Cette information ne sortira pas d'ici !*

Le doyen tentait à grand-peine de rétablir un semblant de calme. Il dut finalement se lever et ordonner le silence d'une voix forte. Immédiatement, les protestations moururent.

– Alexis, commença le doyen en retrouvant le confort de son fauteuil, vous vous rendez certainement compte que votre requête est pour le moins... délicate.

Le Veilleur de Lumière releva les hochements de tête approbateurs de ses pairs.

– Je m'en rends compte, dit-il d'un ton conciliant. Laisser filtrer un secret d'entre les parois de cette montagne est toujours une décision importante. D'autant que le secret en question n'est guère flatteur pour nous.

– Nous ne sommes pas certains que l'expérience que nous avons menée ait entraîné l'extinction de la Source, intervint Mydral à sa gauche.

– Pour quelqu'un qui n'est pas Gardien, renchérit Sebastian, elle en sait bien assez, peut-être trop.

– Si June acceptait de devenir Gardienne, suggéra le doyen, elle serait tenue au secret. Peut-être alors pourrions-nous envisager de...

À cet instant, le Veilleur de Lumière comprit qu'il n'obtiendrait pas l'autorisation du Cercle. Les autres Veilleurs ne comprenaient pas que sa requête était simplement une question d'honnêteté, et que l'honnêteté ne se monnaye pas en concessions. June avait droit à la vérité, sans qu'elle doive pour cela attacher sa vie aux Veilleurs.

Le Veilleur de Lumière chercha du regard un soutien auprès de dame Élise, qui semblait en proie à une intense réflexion, mais ce fut finalement elle qui porta le coup de grâce, avec la merveilleuse candeur dont elle était capable.

– Alexis, dit-elle en se tenant très droite sur son fauteuil de velours bleu, en quoi cette information est-elle capitale à June pour la réussite de sa mission ?

Le Veilleur de Lumière sourit, un sourire triste et résigné.

– Peut-être lui fournira-t-elle une réponse qu'aucun de nous n'est en mesure de prévoir, lâcha-t-il. Peut-être pas. Quoi qu'il en soit, il me semble important qu'elle sache. Important et juste, ajouta-t-il en appuyant légèrement sur le dernier mot.

Dame Élise sembla comprendre le sens de sa démarche et fit un geste indiquant que, pour sa part, la requête était justifiée. Nolian, le Veilleur de Mort, l'imita. Mais ils furent les seuls. Comme toujours lorsqu'un désaccord survenait au sein du Cercle, le doyen trancha.

– Maître Alexis, Veilleur de Lumière, votre requête est rejetée. Telle est la volonté du Cercle.

Le Veilleur de Lumière remarqua la contrariété peinte sur le visage de Maryon, la jeune apprentie du Veilleur de Cycles, une adolescente à la peau mate dont les cheveux de jais tombaient avec une grâce négligente autour de son visage. Les rares fois où il avait été confronté à elle, le Veilleur de

Lumière avait apprécié son calme et sa vivacité d'esprit. Malheureusement, il faudrait attendre encore de nombreuses années avant qu'elle prenne sa place dans le Cercle et que son opinion compte.

Alors que le Conseil abordait un autre sujet, Nathanaël se pencha vers son maître et lui glissa à l'oreille d'une voix sourde :

– Il faut le lui dire malgré tout.

Le Veilleur secoua la tête.

– Tu as entendu la décision du Cercle.

– June doit savoir. Sinon, vous acceptez de la laisser devenir une marionnette dont vous tirez les ficelles. Vous m'avez dit vous-même qu'il n'en était pas question.

Le Veilleur tiqua.

– Tu as entendu la décision du Cercle, répéta-t-il.

– Ce ne sont que des peureux aveugles, siffla Nathanaël, ils n'assument pas les conséquences de leurs actes.

– De mes actes, en l'occurrence, répliqua amèrement le Veilleur.

Les murmures de l'apprenti s'adoucirent :

– Ils étaient d'accord avec vous, et vous n'étiez pas seul à œuvrer ce jour-là, j'ai lu les registres. Ils étaient aussi curieux que vous l'étiez d'en apprendre plus sur l'invisible.

– À l'époque, jamais nous n'aurions pensé que...

– Maître, elle a le droit de savoir.

Le Veilleur le fit taire d'un geste agacé de la main. June, une marionnette.

Ces mots tournèrent dans sa tête, obsédants. L'affection qu'il avait pour la jeune fille lui donnait envie de la voir libre de faire ses choix en connaissance de cause. Mais la décision du Cercle était souveraine. Les paroles rituelles qu'il répétait chaque jour en attestaient. « Agir en accord avec le Cercle de toutes les manières que je jugerai justes. » Il avait juré, et ne pouvait se défaire de cet engagement.

Le Veilleur s'enfonça dans son fauteuil. Son apprenti avait un talent évident pour mettre en lumière les recoins pénibles de sa conscience.

42

Jonsi avait raison. Lorsque nous atteignons la maison, une femme d'une cinquantaine d'années aux longs cheveux gris s'avance vers nous à travers les premières gouttes de pluie. Elle nous aide à desseller nos chevaux et à les conduire sous un abri où l'abreuvoir a été rempli et des ballots de foin frais déposés.

Puis elle nous entraîne à l'intérieur. Le salon est chaleureux et confortable, décoré de violet, de vieux rose et de gris perle. Assise sur un canapé, une adolescente nous regarde entrer avec méfiance. Elle nous salue d'un signe de tête, mais n'esquisse aucun mouvement vers nous.

– Vous devez être affamés, dit Solveig en nous invitant à nous asseoir autour d'une table où le couvert est dressé.

À peine nous sommes-nous installés qu'un plat de poisson apparaît sur la table. Pendant le dîner, Solveig demande à Jonsi des nouvelles de la ville et de certains de ses habitants, mais jamais elle ne nous interroge sur le motif de notre visite.

Cachée derrière une épaisse frange brune, sa fille nous observe en silence.

Le repas terminé, Solveig nous accompagne jusqu'à une chambre meublée de trois lits, puis elle se retire.

Jonsi colle son lit au mien. Épuisée par la longue chevauchée, je m'allonge contre lui. J'écoute sa respiration ralentir et devenir profonde comme celle de la mer. Je ne trouve pas le sommeil. Ces derniers mois, les cauchemars m'ont rendue insomniaque. Je me tourne vers Locki. Lui non plus ne dort pas. Ses yeux bruns brillent dans l'obscurité. Je me dégage doucement de Jonsi et m'approche de mon frère. Il n'y a plus rien d'enfantin dans son regard. Il murmure :

– C'était affreux, June. Il n'y avait plus que des doutes et de la peur. Cette chose te craignait terriblement. Elle me disait : « Frappe, frappe et nous n'aurons plus jamais peur... » Alors j'ai frappé. J'ai frappé. Plus je te frappais, plus elle riait, et je sentais comme une vague en moi, pleine de passion et de vie, qui balayait nos peurs, les siennes et les miennes. Je voyais tes lèvres bouger, mais je ne t'entendais pas. Alors j'ai lutté. Elle était terrifiée de sentir que je m'éloignais. Et puis tu as dit : « Souviens-toi. » Alors je me suis souvenu de nos nuits à lutter contre le sommeil côte à côte. L'ombre murmurait : « Ne me laisse pas, ne me laisse pas. » Je me suis mis à lutter contre elle comme je luttais pour ne pas m'endormir. « Toujours ensemble », je me suis dit. J'ai eu l'impression qu'elle comprenait ces mots-là. Et après que tu l'as attrapée, elle était encore dans mon esprit. Elle me hurlait de la libérer, elle avait tellement peur...

Locki se tait. Je déglutis péniblement.

– Tout va bien, petit frère. C'est fini maintenant.

Je pose ma main sur son front brûlant. J'invoque le Souffle. Gèlenez, Frissonnante et Mielderose apparaissent autour de moi. Avec application, je les tisse en un cataplasme frais que je pose sur le front de mon frère. Ses yeux se ferment et sa respiration s'apaise. Il n'y aura pas de cauchemars cette nuit. Ici, sous l'aile de la montagne, rien ne peut nous atteindre.

Je reste à côté de lui un moment, puis je me glisse dans la chaleur de Jonsi. Malgré la fatigue, le sommeil se refuse à moi.

La brûlure lancinante de ma spirale me gêne. Après m'être tournée et retournée dans tous les sens, je finis par me lever. Le ciel du Nord s'assombrit enfin pour laisser place à la nuit. Je parcours un couloir obscur et gagne le salon.

Par la fenêtre, j'observe la montagne. Le nuage gris qui la recouvre a enflé depuis notre arrivée. Des volutes de brume descendent doucement vers la vallée tels de gros lézards soyeux, recouvrant la maison d'un couvercle de silence tandis que la lumière décroît. Je crois entrevoir des ombres voler dans le brouillard.

Le plancher craque derrière moi. Je me retourne. Solveig est immobile dans l'entrebâillement de la porte, vêtue d'une longue chemise de nuit blanche qui semble luire dans l'obscurité. Ses cheveux gris détachés la nimbent d'une aura bienveillante.

– Il y a des ombres, ici, dis-je tandis qu'elle s'avance à son tour vers la fenêtre.

Solveig jette un coup d'œil au-dehors.

– Oui, murmure-t-elle, elles rôdent. Elles aussi ont senti la tempête. Elles se demandent ce qui se passe.

– Qui sont-elles ?

– Pourquoi demander ce que tu sais déjà ? Ce n'est pas pour cela que tu es venue.

J'acquiesce en silence. Oldariss. Ce sont elles que je sens au-dehors. Elles surveillent la Source.

– Je pensais trouver des réponses ici, mais je ne pensais pas être déjà arrivée.

– Tu penses beaucoup. Ce n'est pas forcément un défaut, mais cela t'empêche d'aller de l'avant. Fais-toi confiance, tu possèdes les réponses dont tu as besoin.

Le feulement du vent au-dehors forcit et de grosses gouttes de pluie commencent à crépiter sur les tuiles du toit. Je murmure :

– La tempête ne se calmera pas, n'est-ce pas ?
– Non.

Nous échangeons un long regard silencieux. Puis elle ajoute :

– La montagne sacrée ne te laissera pas l'atteindre si elle ne t'en juge pas digne. Cette tempête a commencé il y a une semaine. Au début, elle se trouvait uniquement sur les sommets. Puis elle s'est déployée. Elle ne s'étendra plus maintenant qu'elle t'a trouvée. Mais elle ne se calmera pas non plus.

– La montagne me cherche ?

– Que ce soit elle qui te recherche, ou toi qui la poursuis, peu importe. Vous vous êtes trouvées.

– Comment sais-tu cela ?

Solveig hausse les épaules.

– Je ne fais qu'interpréter les signes. Je ne sais rien de ce qui t'amène ici, et je ne veux rien en savoir. Je suis née au pied de cette montagne. J'y ai passé toute ma vie, comme ma mère avant moi, comme sa propre mère, comme chacune de mes ancêtres. Quand j'étais jeune, je voulais partir vivre en ville. Je n'ai pas pu. J'appartiens à ce lieu, à cette montagne. Et comme toutes ces femmes qui ont vécu ici, j'ai engendré une fille. Et comme elles, j'ai perdu mon mari peu de temps après la naissance de cette fille unique. J'ignore ce qui nous relie à cette montagne, génération après génération, femme après femme. Mais je sais lire le plus infime de ses changements. La montagne sacrée t'a sentie venir. À présent, elle t'attend. Et demain, tu iras à sa rencontre. Va te reposer, maintenant.

— *J'ai prêté serment, Nathanaël ! explosa le Veilleur de Lumière en marchant de long en large dans le cabinet de travail. Je ne peux pas aller contre la volonté du Cercle !*

Nathanaël acquiesça et répondit d'une voix douce :

— *Vous avez prêté serment, il est vrai, mais ce n'est pas encore mon cas.*

La colère du Veilleur retomba immédiatement. Il dévisagea son apprenti.

— *Si nous faisons cela, dit-il finalement, je ne sais pas si tu seras un jour en mesure de réussir l'Épreuve.*

Nathanaël baissa les yeux, et, lorsqu'il les releva, le Veilleur y lut une détermination farouche. Il soupira.

— *Je suppose qu'il serait vain de te l'interdire.*

⁂

Je suis réveillée quelques heures plus tard par un bourdonnement autour de mon poignet. Sur les curseurs de mon bracelet, je reconnais les couleurs de Johannes.

Un rapide coup d'œil dans la pièce m'apprend que les garçons sont levés.

J'active la communication.

Aussitôt, la voix de Johannes résonne à mes oreilles, couvrant le martèlement incessant de la pluie sur les carreaux.

— June ?

— Je t'entends. Comment vas-tu ?
— Bien, tout va bien. Je suis chargé de te transmettre des informations, annonce-t-il d'une voix soucieuse. Encore plus que ce que j'ai à te dire, c'est la manière dont ces renseignements me sont parvenus qui me trouble.
— Comment cela ?
— D'ordinaire, je reçois mes ordres du Veilleur. Cette fois, c'est son apprenti qui m'a contacté, me demandant de te répéter ce qu'il allait me confier.

Je l'entends prendre une grande inspiration avant de continuer :
— Ce que je vais te raconter a eu lieu il y a un peu plus de deux cents ans. Les anciennes civilisations dont sont issus les Veilleurs pensaient qu'une aurore boréale apparaissait dans le ciel lorsque deux mondes entraient en collision et que, l'espace d'un instant, les habitants de chacun de ces mondes pouvaient apercevoir l'autre côté. Mon maître venait d'accéder au rang de Veilleur lorsqu'il a trouvé un texte ancien dans lequel la luminescence des aurores boréales était appelée « poussière de Maelström » et un peu plus loin « fragments d'invisible ». Curieux d'en apprendre davantage, il proposa de tenter une expérience, et d'autres Veilleurs se joignirent à lui. Ils se rendirent sur l'île où tu te trouves.
— Ici ! je m'exclame, surprise.
— Oui, sur la côte nord de cette île. C'était alors l'hiver, et les aurores boréales étaient

nombreuses. Les Veilleurs passèrent plusieurs nuits à les observer. Puis ils installèrent au sommet d'une falaise un dispositif hérité de leurs ancêtres. C'était un assemblage complexe de lentilles géantes, de loupes et de miroirs. Les Veilleurs étaient persuadés que cet instrument leur permettrait d'apercevoir « l'autre côté ».

« Cette nuit-là, lorsque l'aurore boréale ondula dans le ciel, ils activèrent le dispositif. Un minuscule rayon lumineux naquit, qui prit de plus en plus de force au fur et à mesure qu'il passait au travers des lentilles, se concentrant bientôt en un puissant rayon vert. Un miroir projeta le rayon droit vers l'aurore. À peine l'eut-il touchée qu'elle s'enroula autour de lui en une longue spirale. La spirale se mit à tourner doucement sur elle-même, puis de plus en plus vite. À cet instant, les Veilleurs crurent entrevoir des corps sombres qui se pressaient les uns contre les autres à l'intérieur.

« Mais brusquement, la spirale et le rayon disparurent, et les formes s'évanouirent. Il y eut une explosion lointaine, suivie d'un long grondement, comme si la terre s'ouvrait en deux. Puis plus rien. Les Veilleurs ne comprirent que des années plus tard, en observant les changements dans l'équilibre invisible, que cette nuit-là, la première Source s'était éteinte.

Dans le silence qui suit cette révélation, je comprends que ce sont les Veilleurs qui, en jouant aux apprentis sorciers, ont entraîné l'extinction de la première Source. Les Oldariss n'y sont pour rien. Je mets de côté mon agacement de ne pas avoir été informée plus tôt.

– Qu'en est-il des autres Sources ? Comment ont-elles été éteintes ?

– Les Veilleurs l'ignorent. Ils soupçonnent les Oldariss d'avoir profité du déséquilibre pour prendre l'avantage. Je dois te laisser, maintenant. Prends soin de toi.

Je marmonne distraitement une réponse et coupe la communication.

En me rendant dans le salon, je me remémore chaque détail de ce que vient de me raconter Johannes. Et l'un d'eux m'interpelle particulièrement. Il a évoqué une explosion lointaine et un long grondement comme si la terre s'ouvrait en deux.

Dans le salon, Solveig est attablée avec sa fille et les garçons. Je les rejoins, refusant d'un geste la nourriture qu'on me propose.

– Solveig, quand la montagne sacrée s'est-elle réveillée pour la dernière fois ?

Ses lèvres laissent transparaître l'esquisse d'un sourire approbateur.

– Lorsque la grand-mère de ma grand-mère était encore une petite fille, la terre a tremblé si fort qu'ils ont pensé que le volcan s'éveillait. Mais ce n'était pas le cas. De mémoire d'homme, jamais la lave n'a coulé sur ces flancs.

Lorsque la grand-mère de ma grand-mère était encore une petite fille. J'effectue un rapide calcul.

– C'était il y a un peu plus de deux cents ans.
– Oui, répond Solveig, à peu près.

Il y a deux cents ans, la montagne sacrée a tremblé. Précisément à l'époque où les Veilleurs ont tenté leur expérience. Ce n'est pas une coïncidence.

J'ouvre la porte d'entrée et me place sous le porche à l'abri de la pluie. Le vent est fort et inconstant, balayant la vallée et le fjord de rafales violentes entrecoupées d'accalmies.

Je me concentre sur ces rafales. Étrangement, elles ne sont formées que d'un seul type de flux, qui n'a ni couleur, ni goût, ni odeur, ni température particulière. Un flux d'air parfaitement lisse et transparent qui reste sourd à mes appels, comme s'il obéissait à une volonté plus puissante que la mienne.

Je tente d'appeler d'autres flux pour repousser les nuages lourds de pluie qui s'amoncellent au-dessus de la vallée. Quelques-uns me rejoignent et tourbillonnent autour de moi. Mais ils sont trop peu nombreux.

Je tente d'en invoquer d'autres. Aucun ne me rejoint. Ils en sont empêchés.

Solveig avait raison, quoi que je tente, cette tempête ne se calmera pas.

Il est temps de l'affronter.

43

Helga, la fille de Solveig, nous accompagne au pied de la montagne abrupte, parsemée de rochers et de cailloux. Son sommet est entièrement mangé par les nuages sombres. En bas, de petits arbustes se dressent vaillamment.

Emmitouflés dans nos manteaux, les capuches rabattues sur nos têtes, nous cherchons des yeux un chemin praticable.

– Voici l'unique voie, déclare Helga en désignait un sentier raviné par la pluie.

Locki peste, secoue sa tête pour chasser l'eau de sa capuche.

– Tu ne peux rien faire pour arrêter ça ? me demande-t-il en plissant les paupières.

Je dois presque crier pour lui répondre.

– Je ne peux rien faire ! La montagne m'en empêche.

Helga se baisse et pose ses mains un court instant sur le sol. Elle prononce quelques mots mais la pluie battante couvre sa voix. Soudain elle se relève.

Elle nous regarde brièvement à travers sa frange brune, puis elle hoche la tête et, sans un mot, elle s'en retourne vers chez elle.

Jonsi, le premier, s'élance. Nous le suivons sans attendre. Bientôt, nous laissons derrière nous les maigres arbustes qui nous protégeaient du vent et nous avançons sur la pente nue.

J'essaie d'oublier les silhouettes brumeuses que je devine là-haut, mais la brûlure sur mon ventre me rappelle continuellement leur présence.

Un déluge glacial s'abat sur nous. Jonsi ouvre la piste, cherchant le passage le plus sûr. Locki est juste devant moi. Les rafales de vent me déstabilisent et je ne cesse de glisser sur la roche luisante. Le sommet semble s'éloigner à mesure que nous grimpons. Je cesse de le regarder, me concentrant pour conserver mon équilibre. Respirer. Un pas, puis un autre.

Les muscles de mes jambes tremblent de fatigue et de froid. Quand le vent me projette une fois de plus à terre, je m'allonge pour souffler un instant. La boue glacée collée à ma joue s'infiltre dans mes vêtements sans que je réagisse. L'épuisement me chuchote de ne plus bouger.

Soudain, deux mains m'arrachent du sol. Locki me relève, mais mes jambes se dérobent et je retombe à genoux sur le flanc de la montagne. Locki pointe le sommet du doigt, j'entends à peine sa voix qui se mêle au vent. Puis, sans prévenir, il me secoue avec suffisamment de violence pour me faire réagir.

Je reprends immédiatement mes esprits.

– Il faut monter, hurle-t-il à mon oreille.

J'acquiesce, un peu sonnée. Du revers de ma manche, j'essuie la boue qui macule mes cheveux. Locki replace ma capuche sur ma tête et me pousse en avant. Je jette un coup d'œil vers la vallée et le fjord pour constater le chemin parcouru. C'est à peine si je distingue la maison de Solveig, minuscule point au bord de l'eau.

La montagne sacrée ne te laissera pas l'atteindre si elle ne t'en juge pas digne.

Locki reprend sa place devant moi, et je pose à nouveau mes pas dans les siens. Je jette un regard de défi au sommet enrubanné de nuages.

Pas digne de toi, hein ?

Tu es là dans mon esprit, montagne, je te sens t'infiltrer en moi comme l'eau dans mes vêtements.

Tu veux que je renonce.

Tu glisses le découragement dans mes pensées et accrois ma fatigue.

Mais je suis encore là, vois-tu, et j'avance.

Je suis la plus têtue de nous deux, montagne !

La voie devient si raide que notre progression ressemble désormais davantage à de l'escalade qu'à de la marche. Mes mains engourdies par les rafales de vent glacé se crispent sur les prises glissantes.

Jonsi est loin devant nous. Je sais qu'il est possible d'aller au moins jusqu'à l'endroit où il se trouve.

Soudain, des images s'imposent à moi. Je les reconnais. Ce sont mes cauchemars. J'essaie de les chasser, mais ils défilent devant mes yeux, les uns après les autres. Je n'ai plus aucun contrôle sur mon esprit, comme si la montagne en avait pris possession et jouait avec moi.

Je me concentre sur les pieds de Locki. Les visions redoublent d'intensité, ne me laissant pas un instant de répit. Des corps sans vie sur le sol d'une maison, un homme roué de coups qui tombe dans la boue. Je m'arrête, incapable de supporter la violence de ces images. J'oblige mon dos courbatu à se redresser. Là-haut, les pics sombres me narguent.

Crois-tu que ces horreurs vont me décourager, montagne ?

Que je vais redescendre ?

Tu te trompes !

Montre-les, montre-les-moi encore !

Ces morts réveillent ma fureur, ils me rendent plus forte.

Et lorsque j'en aurai fini avec toi, je trouverai l'endroit où vivent ces monstres. Je trouverai ceux qui leur survivent.

Je te le jure, montagne, je les trouverai !

Je me remets en marche, et chaque nouveau cauchemar est comme un aiguillon qui me pousse en avant. Mes vêtements gorgés de pluie sont si lourds que j'abandonne mon manteau. Locki m'imite. Son visage est blanc de fatigue, mais la force que je lis dans ses yeux m'arrache un sourire de fierté.

Les gouttes d'eau frappent mes épaules et mon dos avec une puissance redoublée, comme si elles voulaient me plaquer au sol et m'y dissoudre. Je m'abrite un moment contre un rocher pour reprendre mon souffle.

Soudain, dans l'onctuosité sombre des nuages qui couvrent le sommet, j'entrevois un éclat de clarté, une trouée entre deux pics rocheux. Au-delà, je devine un terrain plat.

Mon espoir s'embrase et, rassemblant l'énergie qu'il me reste, je m'élance. Seule importe cette lumière vers laquelle je marche.

Mes pas s'allongent, je m'arrache à la torpeur paralysante qui a pris possession de mon corps depuis plusieurs heures. Les cauchemars s'estompent. Dans ma course effrénée, je double Locki, me rapprochant de Jonsi. Bientôt, il disparaît aussi dans mon sillage.

Je suis seule face à la montagne.

Les deux pics se dressent devant moi, comme les montants gigantesques d'une porte en ruine. De l'autre côté, la lumière dorée du soleil scintille. Deux corbeaux volent entre les pics, grotesques et magnifiques.

Dans un dernier effort, je franchis la passe et, alors que la pluie s'interrompt enfin, je me laisse tomber à genoux sur le sol tandis que je découvre le large cratère recouvert de hautes herbes jaunes. L'ombre d'un nuage traverse le paysage, puis se perd au loin.

Derrière moi, la tempête paraît s'être évanouie comme un mauvais rêve.

Bientôt, Jonsi et Locki se laissent tomber à mes côtés. Je me sens vivante. Épuisée, mais vivante, lavée de mes angoisses. Des larmes s'échappent de mes yeux et se mélangent à la pluie qui macule mon visage.

Nous restons étendus sur ce sol merveilleusement sec, la caresse du soleil réchauffant nos corps glacés.

– Si tu n'étais pas passée devant moi, avoue Jonsi en m'attirant contre lui, je crois que je ne serais jamais arrivé en haut.

Son étreinte est d'une tendresse désarmante.

– Si je n'étais pas passée devant toi, dis-je, je n'y serais pas arrivée non plus.

Locki me regarde, un sourire au fond des yeux. Il est le premier à se relever. Je gagne un promontoire pour embrasser du regard l'ensemble du cratère. Mon attention est attirée vers le centre. Une étrange zone sombre s'y étale, qui ne porte ni herbe, ni plante.

44

En nous approchant, nous découvrons que l'endroit est tapissé de roches volcaniques. Mais, mêlés à elles, nous trouvons des galets noirs ovoïdes, complètement lisses. Ils ne ressemblent à rien de ce que je connais.

Lorsque j'en prends un dans ma main, je suis surprise par la chaleur qui s'en dégage.

Ces pierres sont la clef, je le sens. Que dois-je en faire ?

Je fronce les sourcils, tentant de faire coïncider les éléments dont je dispose. La voix de Johannes s'impose à moi. *Les légendes naissent de la réalité.*

L'histoire des petits êtres vivant dans ces pierres que m'ont racontée les enfants. Ce n'est pas un hasard si cette légende court sur cette île où se trouve la première Source.

Je me remémore ce que m'ont raconté ces enfants : les petits habitants des roches sont gentils, sauf si tu les déranges en déplaçant leur maison. Alors, ils se vengent.

Mais oui, voilà l'essence de cette légende ! « Ne déplace pas les roches, ou tu seras puni. »

Or après l'extinction de la première Source, lorsque la montagne sacrée a violemment tremblé, les roches ont été déplacées et le chaos a pris le dessus sur l'harmonie.

Il me faut reconstituer les liens qui se sont brisés lors du tremblement de terre. Mais quels liens ? Quel dessin formaient ces pierres avant que la terre ne tremble et ne les éparpille au hasard ?

Tout à coup, je comprends.

C'est comme dans ces jeux que l'on trouve dans les carnets d'enfants, avec des points sur une page blanche et, à côté de chaque point, un numéro. Si l'on relie les points en suivant l'ordre des numéros, un dessin apparaît.

– Je dois réorganiser ces pierres pour créer une image qui fait sens...

– Quel genre d'image ? demande mon frère.

Je repense à notre discussion de la veille. L'Oldariss avait peur. Je me tourne vers Locki :

– De quoi l'Oldariss avait-elle peur ?

– Elle avait peur... d'être seule.

Le visage serein de Solveig danse dans mon esprit. Comme la nuit passée, elle chuchote : *Tu possèdes toutes les réponses dont tu as besoin.*

Je secoue la tête. Un dessin. Des pierres. Une pierre. Oui, il y avait ce chant, ce chant de l'arbre-bibliothèque ! Que disait-il déjà ?

J'aimerais avoir mon carnet avec moi, mais il est resté chez Solveig avec le reste de mes affaires. Je ne me souviens que du refrain.

Quelque part se trouve ta pierre,
Elle t'appelle, poète,
Quelque part se trouve ta pierre,
Entends-tu sa voix ?

Poète ? Je sursaute en me remémorant ce mot. Est-ce Jonsi que l'arbre-bibliothèque évoque dans ce chant ? Comment pouvait-il savoir qu'il me guiderait vers la Source ?
– Qu'y a-t-il ? s'inquiète Jonsi en voyant mon trouble.
– Je... je crois que tu possèdes une pierre.
– Que veux-tu dire ?
– Tu m'as expliqué que tous les habitants de l'île étaient liés à une pierre, n'est-ce pas ? Comme Solveig avec sa pierre sentinelle.
– Oui, enfin, tous ceux qui sont nés ici. Ce n'est pas mon cas.
Alors que la nuit commence à tomber et que les premières étoiles s'allument au-dessus de nous, la fin du chant me revient en mémoire.

Tu dois trouver ta pierre,
Tu dois trouver ta pierre,
Tu dois trouver ta pierre,
Elle te donnera le centre,
Car elle rêve de toi.

— Tu as adopté l'île autant qu'elle t'a adopté, Jonsi. Ta pierre sentinelle existe. Celle qui t'appelle et qui rêve de toi. Elle est ici.

Jonsi parcourt du regard les centaines de galets noirs éparpillés devant nous.

— Ma pierre, murmure-t-il.

Un croassement de corbeau me fait lever la tête. L'oiseau passe loin au-dessus de nous, éclipsant les étoiles, et disparaît au-delà du cratère.

— Mais évidemment ! je m'exclame, la tête levée vers les astres.

— Évidemment quoi ? demande Jonsi.

De la terre-miroir, ils se dresseront. C'est cette phrase qui m'a poussée à venir sur l'île. La terre-miroir, une terre qui reflète.

— Tu possèdes une pierre, dis-je les yeux fixés sur l'étoile du Nord qui scintille dans le ciel rose du soir. Celle que l'on peut tous regarder en se disant qu'au même moment quelqu'un d'autre la regarde sûrement, et qu'alors nous ne sommes pas seuls.

Jonsi suit mon regard, intrigué, et un sourire fleurit sur ses lèvres.

J'ajoute :

— Ce cratère est un miroir qui reflète le ciel étoilé. Les dessins que nous devons reconstituer sont ceux que tracent les étoiles dans le ciel, et au centre rayonne la plus éclatante d'entre toutes : l'étoile du Nord.

Je me tourne vers Jonsi, saisis son visage entre mes mains comme une coupe et, plongeant mes yeux dans les siens, je murmure :

— C'est son reflet que tu dois trouver. L'une de ces pierres est le reflet de ton étoile.

— Son reflet ? répond-il avec un éclair de malice dans le regard. Peut-être que la pierre qui se trouve ici est l'originale, et que ce qui brille là-haut n'est que son image...

Je souris. Je pourrais me perdre dans ses yeux ainsi pendant des heures ! Mais il n'est pas encore temps.

— Comment puis-je la reconnaître ? demande-t-il.

— Le chant parlait de chaleur. Ta pierre se souvient de la chaleur de tes mains et veut la sentir une fois encore.

Je secoue la tête en m'éloignant.

— Comme je la comprends, ajouté-je à mi-voix.

Jonsi éclate d'un rire clair et se met en quête de sa pierre-étoile.

Je jette un regard inquiet au-dessus de moi. Le ciel s'assombrit déjà en un bleu joyeux et profond. Nous devons nous presser. Tout doit être terminé à l'aube, lorsque la lumière du soleil éclipsera celle de ses sœurs argentées.

※

Locki a déjà commencé à rassembler les galets noirs que Jonsi laisse derrière lui, et il les amasse à la lisière du champ de pierres. Il a raison, nous devons d'abord dégager le terrain, créer une page blanche sur laquelle dessiner. Je m'empresse de l'aider.

Le tas grossit rapidement, pourtant il me semble que le nombre de galets encore éparpillés n'a pas diminué. J'accélère. Je ne sais pas combien de fois je remplis mes poches et les vide sur le tas, mais nous atteignons bientôt le centre du champ de pierres. Comment être certains que nous n'en avons pas laissé derrière nous ?

– Comment es-tu montée jusqu'ici, toi ? s'exclame brusquement Locki.

Je me retourne, à peine étonnée de voir la minuscule silhouette de Bii perchée tout en haut du tas de galets. La brise du soir chahute doucement son pelage sombre.

Je la prends dans ma main en souriant et lui chuchote :

– Aide-nous, ma jolie. Aide-nous à trouver les galets qui nous manquent.

Bii saute aussitôt sur le sol et commence à farfouiller entre les cailloux. Elle déniche rapidement un galet que j'attrape. Locki part s'occuper de l'autre côté du champ tandis que je reste avec Bii, qui semble y voir bien mieux que moi dans l'obscurité.

Soudain, un cri de joie retentit :

– Je l'ai, clame Jonsi en courant vers nous, je l'ai !

Un sourire lumineux fend son visage tandis qu'il ouvre les doigts pour nous montrer sa pierre. Il murmure :

– Te voilà, ma petite...

Le galet est en tout point identique aux autres. Noir, lisse et chaud.
– Tu es sûr que c'est celui-là ? je demande.
– Certain.
Les derniers galets noirs rejoignent leurs semblables sur le tas puis, l'étoile du Nord au creux de sa main, Jonsi marche jusqu'au centre du champ.
Sur le manteau bleu de la nuit, les astres étincellent comme des cristaux de glace.
Jonsi s'accroupit et, d'un geste solennel, il dépose sa pierre sur le sol.
Aussitôt, Locki lève la tête vers le ciel.
– Au travail.

45

Tandis qu'un à un les galets trouvent leur place sur le sol du cratère, reformant à nos pieds la toile brillante du cosmos, je perçois un grondement, une note sourde et continue, lointaine, comme si elle provenait des entrailles de la terre.

L'aube approche. Malgré la fatigue qui lance chaque fibre de mes muscles, je me mets à courir. Fonçant d'un bout à l'autre du champ de pierres, nous plaçons en hâte les derniers galets.

Enfin nous contemplons notre œuvre.

– Ça ira, dis-je en reprenant mon souffle. Il le faudra bien.

J'incline la tête sur le côté pour mieux écouter le grondement des profondeurs, et je déclare :

– Maintenant, il faut qu'elles sonnent !

Les garçons échangent un regard perplexe tandis que, suivant une impulsion subite, j'invoque les flux transparents – ceux-là mêmes qui ne voulaient pas me répondre ce matin.

Cette fois, ils accourent avec fougue. Les uns après les autres, je les propulse vers les pierres, et chaque pierre touchée se met à battre comme un tambour, des centaines de tambours qui scandent le même rythme. En passant entre mes mains, les flux me transmettent leur énergie et toute sensation de fatigue s'envole. Un sourire sauvage monte à mes lèvres.

– Les pierres ! Vous entendez ?
– Je n'entends rien.
– Moi non plus. Mais le sol vibre.
– Ce sont les pierres ! je m'exclame. Elles sonnent, les pierres sonnent ! Il faut continuer !

Les flux déjà lancés reviennent vers moi, d'autres se joignent à eux, que je renvoie immédiatement vers les pierres, de plus en plus vite, tel un chef d'orchestre fou. Le martèlement des pierres s'accentue, devenant plus puissant, et la spirale sur mon ventre vibre à l'unisson. Ce tempo bondissant, c'est le cœur du monde qui pulse dans la nuit. Là-haut, il me semble que les étoiles brillent plus fort, joyaux éternels drapés de velours noir. Exaltée, je laisse le rythme me porter, m'entraîner dans sa transe. Je m'y fonds tout entière et le monde bat en moi.

Je suis les pierres.

Je suis les étoiles.

Je suis le volcan.

Le grondement sous le cratère s'intensifie. Je crie :

– Réveillez cette montagne !

Les flux accélèrent encore leur danse, un tourbillon endiablé que rythment les tambours. Ils répondent avec tant d'ardeur que, bientôt, ils s'entremêlent les uns aux autres en un gigantesque anneau gorgé d'énergie qui crépite à la surface de mes paumes.

Et alors que le grondement enfle sous mes pieds, survient un craquement apocalyptique. La montagne se met à trembler.

Des blocs de roche se détachent de la montagne, ils s'arrachent à elle, se rejoignent et se redressent.

Fascinée, je regarde cinq géants de pierre avancer vers le centre du cratère, aplatissant les hautes herbes sur leur passage. Arrivés en bordure de notre champ de galets, ils s'arrêtent et me regardent. Un regard presque étonné. Puis, dans un ensemble parfait, ils lèvent la tête vers le ciel et s'immobilisent.

Alors que leurs pieds gigantesques se ressoudent à la montagne, le grondement cesse et le calme de la nuit retombe sur le cratère. L'anneau de flux se disperse, chacun d'eux retrouvant son individualité pour bondir dans l'obscurité.

Encore enfiévrée par l'expérience que je viens de vivre, je ne peux complètement accepter cette paix revenue. J'aurais voulu que la danse dure toujours. Je veux sentir encore cette énergie folle couler entre mes doigts. C'est dans ce seul but que j'existe.

Pourtant, tout n'a pas disparu de ce tourbillon effréné. La sensation que je porte en mon sein le monde entier reste vivace, prégnante. J'inspire une grande goulée d'air frais, laissant mon pouls décroître doucement.

– Tu as réussi, dit Locki.

– Vraiment ?

– Oui, murmure Jonsi en glissant une main dans mon dos, regarde.

Une lueur verte ondule entre les étoiles. Ce n'est d'abord qu'une clarté diffuse, fantomatique. En s'approchant, elle devient plus nette, un grand orgue de lumière déployant ses tuyaux dans la nuit arctique. Il me semble entrevoir des créatures au travers, mais lorsqu'un instant plus tard je les cherche des yeux, elles ont disparu. « Fragments d'invisible. » Oui, c'est bien cela. Émerveillée, je me blottis contre Jonsi, les yeux rivés sur ces particules de lumière qui rampent dans le ciel.

Les mains du Veilleur de lumière agrippèrent les accoudoirs de son fauteuil. Presque malgré lui, les mots s'échappèrent de sa bouche :

– Aurore...

– ... boréale, termina Nathanaël en enfonçant un peu plus sur ses cheveux la couronne de vision.

Le Veilleur secoua la tête, incrédule.

– Pas vu ça depuis...

– ... deux cents ans.

– *Exactement. La dernière fois, j'étais aux premières loges.*

– *Je sais, j'ai lu les registres.*

Le Veilleur de Lumière laissa échapper un grognement exaspéré et marmonna :

– *Il va vraiment falloir que tu sortes le nez de ces fichus registres, jeune homme !*

Nathanaël sourit sans répondre.

Au-dessus de la montagne sacrée, les étoiles commençaient à pâlir tandis que prenait fin la courte nuit arctique.

Alors que l'aurore poursuivait sa course au-delà des montagnes, le Veilleur remarqua la silhouette d'un corbeau profilée sur le ciel encore pâle. L'oiseau sembla jouer un instant avec les derniers rais de lumière verte, puis il redescendit vers le fjord en une longue spirale et rejoignit le silence gris de l'aube.

Je me dégage de l'étreinte de Jonsi et gagne seule le bord du cratère. Au-dessus de la mer, une épaisse masse sombre s'éloigne à toute allure. Je reconnais la nature grouillante de ce nuage : les Oldariss détalent devant la puissance de la Source.

Malgré moi, je serre les poings. L'île du Nord est peut-être à l'abri pour un temps, mais les ombres règnent sur le reste du monde et, effrayées de voir leur suprématie menacée, elles ne me laisseront plus le moindre répit.

Je me retourne vers les géants de pierres qui embrassent le ciel dans leur immobilité parfaite. À leurs pieds, Locki et Jonsi sont assis, épuisés par notre longue veille. Mon cœur se serre. J'aimerais les rejoindre. Je ne bouge pas. Quelque chose a grandi en moi sur cette montagne sacrée, une force inexorable qui me pousse vers le chaos. Pour l'affronter.

Une brise légère se lève. Juchée sur un rocher à quelques pas de là, Bii m'observe. Elle semble prête à me suivre n'importe où. Je souris.

Contrairement à ce que promet la douceur de l'aube, cette nuit n'est qu'un premier pas sur la route mouvementée qui m'attend.

JUNE

Le tome 2,

Le choix

disponible en librairie.

Le tome 3,

L'invisible

à paraître le 30 septembre 2014.

Merci

Maman / Fabienne / JCM / Audrey / Famille / David / Caroline / Agnès / Rageot team / Alain / Charlotte / Sam / Claude Ponti / Philip Pullman / Et tous ceux qui m'ont demandé des nouvelles de ce projet ces dernières années ///

L'AUTEUR

Née en 1987, **Manon Fargetton** a grandi à Saint-Malo, entre rochers et tempêtes, les yeux fixés sur l'horizon. Son besoin d'écriture la pousse d'abord à composer poèmes et chansons. Puis au lycée, une histoire vient frapper à la porte de son imagination. Elle sera à l'origine de son premier roman, *Aussi libres qu'un rêve* (Mango, Prix Chronos 2008), qu'elle publie à dix-huit ans.

Depuis, les personnages s'alignent dans sa tête en une véritable file d'attente, et elle fait de son mieux pour entendre leurs voix afin de leur offrir l'existence d'encre, de papier et de pixels qu'ils méritent.

Manon vit aujourd'hui à Paris où elle partage son temps entre ses deux métiers : régisseur lumière au théâtre et écrivain.

Retrouvez-la sur sa page Facebook :
https://www.facebook.com/ManonFargetton

Retrouvez Rageot
sur le site www.rageot.fr

RAGEOT s'engage pour l'environnement en réduisant l'empreinte carbone de ses livres. Celle de cet exemplaire est de :
557 g éq. CO_2
Rendez-vous sur www.rageot-durable.fr

PAPIER À BASE DE FIBRES CERTIFIÉES

Achevé d'imprimer en France en juin 2014
sur les presses de l'imprimerie Hérissey
Dépôt légal : juin 2014
N° d'édition : 6149 - 01
N° d'impression : 122422